MY古典

白楽天のことば

田口暢穂

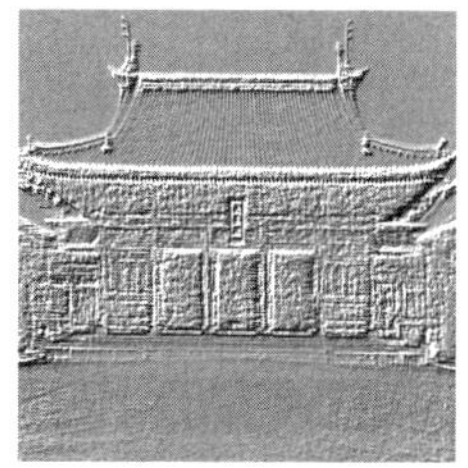

公益財団法人斯文会

まえがき

白楽天（はくらくてん）は、李白（りはく）や杜甫（とほ）とならんで、中国唐（とう）代を代表する大詩人の一人です。そしておそらくわが国ではもっとも愛読された詩人といってよいでしょう。

ここでちょっと横道にそれますが、白楽天の名前について触れておきます。白楽天は、本名は白居易（はくきょい）といいます。楽天は、字（あざな）、他の人がその人を呼ぶときの呼び名です。ですから本当は白居易と呼ぶべきなのかも知れませんが、わが国では昔から白楽天と呼んでいますし、若干の敬意をこめてこの本では白楽天と呼ぶことにします。

白楽天は、つぎの「白楽天の生涯」に紹介するとおり、七七二年に生まれ、八四六年に亡くなりました。七十五歳（数え年。以下、この本では昔の人の年齢はすべて数え年で記します）でした。李白（七〇一～七六二）や杜甫（七一二～七七〇）より、やや後の詩人ということになります。白楽天の詩はその生存中からわが国に伝えられ、わが国の文学や文化に大きな影響を与えました。平安時代の貴族たちが漢詩を作るに当たってお手本にした名句集、『千載佳句』（大江維時撰）や『和漢朗詠集』（藤原公任撰）に採られている中国の詩句は、白楽天のものが最も多くなっていますし、菅原道真は白楽天を敬慕し、詩を作るときの模範としています。また、『源氏物語』が「長恨歌」をはじめとする白楽天の作品から大きな影響を受けていることはよく知られています。

それでは、白楽天はどんな詩を作ったのでしょうか。

白楽天の詩は、一言で言えば、ある種の豊かさを感じさせてくれる詩です。現在残されている作品は二八〇〇首あまり、唐の詩人の中では最も多くの詩が残されています。しかし、そういう量的な問題だけではなく、今日わたしたちが白楽天の詩を読むとき、何かゆったりとした、満ち足りた感じを受けるのです。

白楽天は実にさまざまな詩を残しました。詩の形式は多様ですし、題材も多岐にわたります。また、内容的に読みやすい詩が多いことも特徴と言えるでしょう。そして自身の心境をうたった詩がとても多く、白楽天がどんな考え方、どんな感じ方をしながら生きていたのか、それをうかがい知ることができます。

　家族や友人を思う詩、好みの食べ物やお酒、お茶を楽しむ詩、季節の移り変わりを愛で楽しむ詩。そういう詩からは、白楽天がどんなに人生を、日々の生活を楽しんでいたかがよくわかります。またものの考え方、感じ方にも、背伸びせず、どこかゆとりのある、自分の生き方に満足し、境遇に安住しようとする姿勢――白楽天本人は、「知足（ちそく）」「安分（あんぶん）」などと言っています――が感ぜられます。そんなところから醸（かも）し出される穏（おだ）やかさ、満ち足りた印象が、白楽天の詩の大きな特徴と言えると思います。そしてそういう詩は、当然と言ってもいいでしょうが、穏やかな調子でうたわれている作品が多く、そのうたいぶりも、読者に窮屈でない気分を与えてくれるのでしょう。

　ところで白楽天の詩には、こうした自身の心境をうたった作品の他にも、いろいろな内容の詩があります。まず第一に挙げられるのは、政治や社会のあり方を諷刺した詩です。白楽天は「白楽天の生涯」で紹介するとおり、詩人であると同時に唐王朝の高級官僚でした。天子の詔勅を起草する中書舎人という地位に就いたことがありますし、杭州の刺史（長官）になったときは西湖の堤防を修築し、灌漑事業を行って、人々の生活を向上させるよう努めてもいます。また、最後には、刑部尚書（法務大臣にあたる）という地位で退職しています。白楽天には、一面では、官僚＝政治家の一員として、広く世の中の人を救済する（白楽天の言い方では、兼済といいます。これに対して、自分自身のプライベートな快適さを求めるのを、独善と言っています）のが自分の使命だという気持ちがあったのです。そうした心が詩を作るのに反映されたとき、世の中の矛盾や不正を訴える、諷刺の詩が作られました。

また、玄宗皇帝と楊貴妃のロマンスをうたった「長恨歌」、かつて都で名をはせ、いまは盛りを過ぎてしまった妓女の身の上をうたった「琵琶行」のようなロマンティックな物語詩もよく知られています。

この本では、白楽天の心のありようを味わうという観点から、心境をうたった詩を中心に紹介することにしました。「長恨歌」や「琵琶行」といった長篇の名作は、紙数の都合で割愛しました。白楽天の多くの作品に比べれば、ごく僅かですし、あまりなじみのない詩が多いかもしれませんが、お読みになった方が白楽天の生き方、考え方に少しでも関心を持ってくだされば、著者としてまことに嬉しく思います。

最後に、この本の刊行にあたって一方ならずお世話になった、明徳出版社の佐久間保行社長に心からお礼を申し上げます。

令和二年仲夏

城東の陋屋に籠居して　田口暢穂

白楽天のことば＊目次

目次

白楽天のことば

白楽天の生涯

白楽天（七七二～八四六）は、本名は白居易といいます。しかし、わが国では昔から字で白楽天と呼んでいますから、それで通すことにします。

出身地は現在の山西省太原ですが、曾祖父か祖父の代から現在の陝西省下邽に家を構えていたようです。あまり高い家柄ではなかったようで、お父さんの季庚までは、地方官を勤めるくらいの官僚一家でした。

白楽天は大暦七年（七七二）一月二十日、鄭州（現在の河南省鄭州市）の自宅に生まれました。生まれて六、七ヶ月で「無」「之」の二字を見分け、また五、六歳から漢詩の作り方を学んだといいます。子どものうちは、地方官を勤めていたお父さんについて、徐州（現在の江蘇省徐州市）、符離（徐州の南、現在は安徽省に属する）など、南の方に住んでいました。その後も南にいて、十五、六歳のころから、本格的に科挙（官僚になるための資格試験）にそなえた受験勉強を始めました。

貞元三年（七八七）、十六歳ではじめて都長安に出て、当時の有名な詩人、顧況に会っています。この時顧況は、白楽天の名前が居易なのを見て、「長安は物価が高い、居るのは易くないぞ」といってからかいましたが、楽天の「古原の草を賦し得たり　送別」という詩を読んでたいそう感心し、「こういう詩が作れるのならば居るのは難しくない。先ほどの言葉は冗談だ」とほめています。

こうして受験勉強に励み、貞元九年（七九三）には、襄州別駕に転任になっていたお父さんに従って、襄州（湖北省襄樊市）に行きましたが、翌十年（七九四）、お父さんが亡くなります。白楽天、二十三歳でした。

やがてお父さんの喪が明け、お兄さんの幼文の任地、饒州浮梁県（江西省景徳鎮市の東北）に行き、貞元十五年（七九九）、宣州（安徽省宣州市）で郷試（科挙の地方試験）に及第します。翌十六年（八〇〇）、長安で省試（科挙の都で行う最終試験）を受け、二十九歳で進士に及第しました。

進士に及第した後、洛陽、徐州・符離などに旅し、貞元十九年（八〇三）春、三十二歳で書判抜萃科に及第し、秘書省校書郎に任命されました。この時、白楽天の最も親しい友人、元稹も同時に及第し、やはり秘書省校書郎となっています（二人の交際は、及第より少し前から始まっていたと思われます）。この時期、白楽天は長安の常楽里という所に住んでいました。

貞元二十年（八〇四）には、陝西省の下邽に家を移しています。

元和元年（八〇六）、三十五歳、校書郎をやめ、元稹らと長安永崇里の華陽観にこもって制科（官僚の中から人材を抜擢するためのための特別試験）の準備をしていましたが、四月十三日、才識兼茂明於体用科に元稹とともに合格、盩厔県（現在の陝西省）の尉に任命されました。なお、名作「長恨歌」はこの年の冬に作られます。

ついで元和二年（八〇七）には翰林学士となり、三年（八〇八）四月には翰林学士のまま左拾遺となり、長安新昌里に住むようになります。また、この年、楊氏と結婚しています。白楽天三十七歳でした。

元和四年（八〇九）には、長女金鑾が生まれました。なお、彼の代表作で、政治風刺の詩として有名な「新楽府五十首」が元和四年（八〇九）、「秦中吟」が元和五年（八一〇）に作られています。

元和六年（八一一）四月、お母さんの陳氏が亡くなり、下邽に退いて喪に服しますが、この年、長女金鑾も亡くなりました。二重の悲しみに遭ったわけです。やがて喪が明けて元和九年（八一四）冬、太子左賛善大夫（太子の侍従職）という位につきます。ところが翌元和十年（八一五）六月、宰相武元衡が暗殺され、その犯人を捕らえることを請う意見を奉ったのですが、これが越権行為と見なされ、八月、江州（江西省九江市）刺史に出され、さらに江州司馬におとされ、左遷されてしまいました。この年、白楽天、四十四歳。なお、有名な「琵琶行」が作られたのは、この江州在任中、元和十一年（八一六）のことでした。また、江州の南、廬山に草堂を作り、しばしばそこに遊んでもいます。

元和十三年（八一八）十二月末、忠州（四川省忠県）刺史に任命され、江州を去ります。そして十五年（八二〇）夏には長安に召還され、尚書司門員外郎に任命されました。その年の十二月、主客郎中・知制誥となり、長慶元年（八二一）には中書舎人に任ぜられます。中書舎人とは天子の詔勅を起草するポストで、中央の政界にあっては大変高く評価されるポストです。この時、白楽天、五十歳でした。

翌長慶二年（八二二）七月、五十一歳、白楽天は杭州（浙江省杭州市）刺史を命ぜられ、地方に出ます。あるいは天子の不興を被って、地方に出されたのかも知れません。杭州では、西湖の堤を修築するなど、地方政治に力を尽くしましたが、長慶四年（八二四）五月、太子左庶子（太子の侍従職）に任ぜられ、秋、洛陽に戻り、太子左庶子東都分司となることを許されました。東都分司とは、太子左庶子でも長安ではなく、東都＝洛陽に勤務するポストで、実務的にはあまり仕事のない立場です。そして洛陽の履道里に邸を求め、ここに住むようになります（白楽天、五十三歳）。

宝暦元年（八二五）三月、蘇州（江蘇省蘇州市）刺史に任命され、赴任しますが、翌年、病気のため休暇をとり、休暇が明けると辞任、十月に蘇州を去ります。

太和元年（八二七）、五十六歳、洛陽に帰り、三月、秘書監（宮中の図書を管理する役所の長官）となって長安に赴任します。ついで太和二年（八二八）、刑部侍郎（刑事・法務を掌る役所の副長官）、三年（八二九）、太子賓客分司（太子の侍従職）、四年（八三〇）、河南尹（かなんいん）（洛陽を中心とする、河南府の長官）などの職を歴任しています。とくに河南尹在任中はしばしば洛陽の南、竜門にあった香山（こうざん）寺に遊び、僧侶と交わって楽しみ、香山居士と号するようになりました。

なお、この間、太和三年（八二九）冬、長男阿崔（あさい）が生まれましたが、太和五年（八三一）夏、三歳で亡くなり、七月には親友の元稹（げんじん）も亡くなっています（白楽天六十歳）。白楽天にとっては、一番辛い時期だったと言えるでしょう。

やがて太和七年（八三三）三月、河南尹を辞し、四月、太子賓客分司（たいしひんかくぶんし）に転じ、太和九年（八三五）十月には太子少傅（たいししょうふ）（太子の侍従職）分司を授けられます（六十四歳）。開成（かいせい）四年（八三九）十月、白楽天は「風痺（ふうひ）」という病にかかり、体の自由がきかなくなります。今日で言えば、脳梗塞のような病気でしょうか。六十八歳でした。翌開成五年（八四〇）、三月、「風痺」はやや癒えますが、老いを自覚したのか、家に置いていた妓女を手放しています。

そして会昌（かいしょう）二年（八四二）、刑部尚書（けいぶしょうしょ）（刑事・法務を掌る役所の長官）で退官しました。七十一歳でした。晩年の白楽天は、洛陽の自宅で悠々自適の日々を送ります。会昌五年（八四五）五月には『白氏文集（はくしぶんじゅう）』七十五巻が完成しました（七十四歳）。そして翌会昌六年（八四六）八月、洛陽の履道里（りどうり）の邸で亡くなったのです。享年七十五。歿後、尚書右僕射（しょうしょうぼくや）を追贈され、十一月、竜門に葬られました。

白楽天像（『晩笑堂画伝』所収）

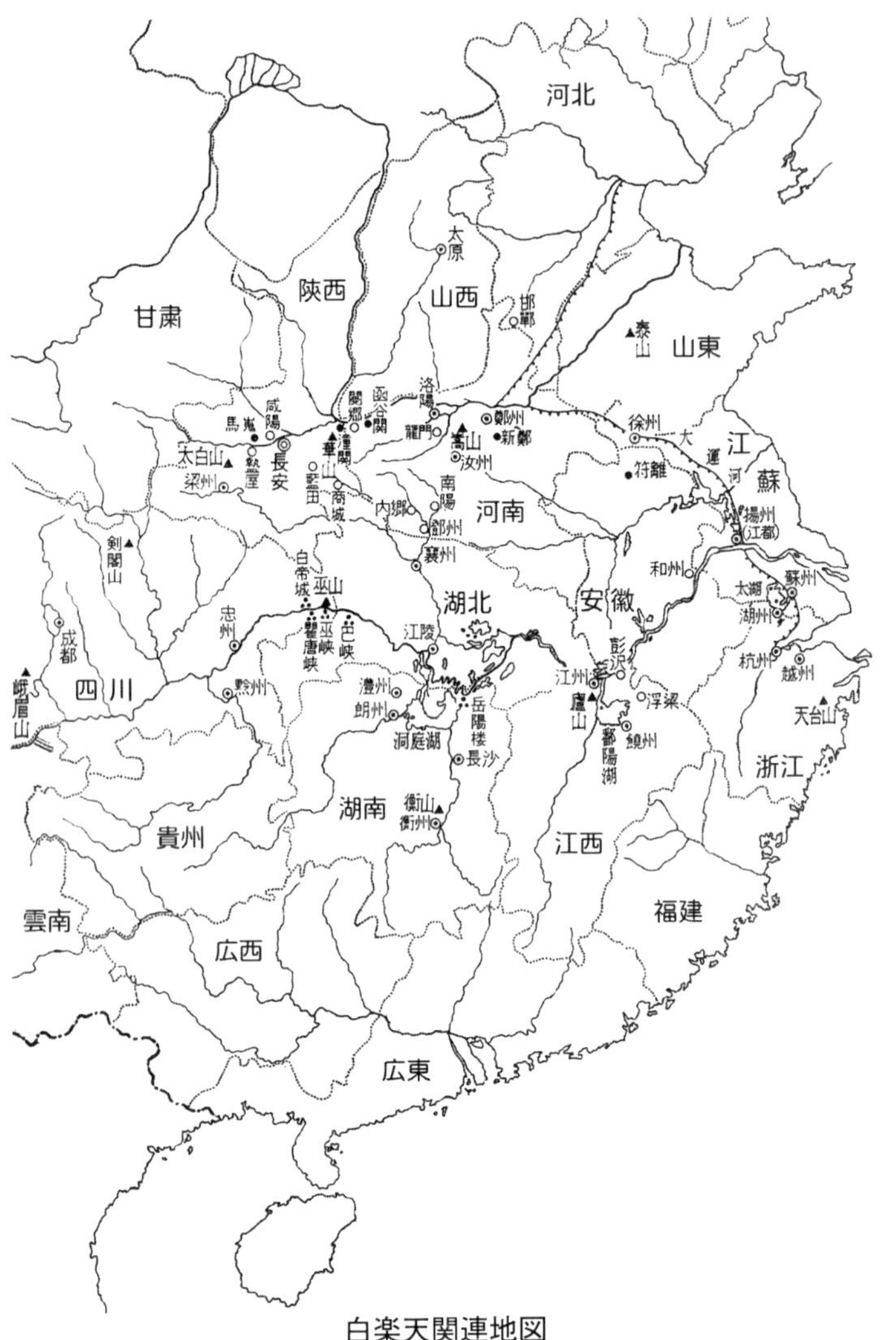
河北
陝西
山西
甘粛
山東
太原
邯鄲
泰山
洛陽
函谷関
関郷
咸陽
馬嵬
鄭州
新鄭
龍門
嵩山
汝州
華山
潼関
長安
太白山
盩厔
梁州
藍田
商城
徐州
大運河
江蘇
符離
南陽
内郷
鄧州
河南
揚州
(江都)
剣閣山
襄州
和州
白帝城
巫山
湖北
安徽
太湖
蘇州
湖州
忠州
瞿唐峡
巫峡
巴峡
江陵
成都
彭沢
杭州
越州
峨眉山
四川
黔州
澧州
朗州
江州
岳陽楼
廬山
浮梁
天台山
洞庭湖
長沙
鄱陽湖
饒州
浙江
湖南
衡山
衡州
貴州
江西
福建
雲南
広西
広東

白楽天関連地図

Ⅰ　詩人として、高級官僚として

1 きっとまた会えるよ！

古原の草を賦し得たり　送別

離離たり　原上の草
一歳に一たび枯栄す
野火　焼けども尽きず
春風　吹きて又生ず
遠芳　古道を侵し
晴翠　荒城に接す
又　王孫の去るを送る
萋萋として別情　満つ

賦得古原草送別

離離原上草
一歳一枯栄
野火焼不尽
春風吹又生
遠芳侵古道
晴翠接荒城
又送王孫去
萋萋満別情

〈詩形＝五言律詩／韻を踏んでいる文字＝栄・生・城・情〉

「古原の草」という題の詩を詠う　送別

青々と茂る野原の草、
一年に一度、枯れて、また茂る。
枯れた草を野火が焼いても焼き尽くすことはできず、
春風が吹けば、また萌え出す。
遠くまで広がる草は古くからの街道を覆い、
陽光に輝く緑の草は荒れた城壁までつづいている。
いまあなたが旅立つのを見送ると、
別れの悲しみが茂った草のように胸に満ちてくる。

白楽天が十六歳の時、貞元三年（七八七）の作です。昔の詩人は若いときの作品を残していないことが多く、白楽天もその例に漏れません。この詩は、数少ない若い時の作品の一つです。

題の「賦し得たり」というのは、題を与えられて作ったときにいいます。つまりこの詩は、送別の席で「古原の草」という題を与えられて作った詩、ということになるわけです。

少し言葉の意味を説明しておきます。「離離」とは、草が盛んに茂っているさま。「芳」は、芳草という言葉があって、かぐわしい草のことです。「晴翠」は、はれた日差しに照らされた草の緑色をいう言葉。おそらく白楽天の頃から詩に用いるようになった言葉と思われます。「王孫」とは、もとは王侯貴族の子弟をいう語ですが、詩の中では若い男子を美化していう語としてよく使われます。この詩でも、旅だって行く人のことを言っています。最後の句の「萋萋」は、草が茂っているさまをいう語。この終わりの二句ですが、『楚辞』の「招隠士」に、「王孫遊びて帰らず、春草生じて萋萋たり」という句があるのにもとづいた表現です。こういうところが古典や漢詩文を読む上で面倒な点なのですが、作者はこのように昔の表現を自分の作品に生かすのが、いわば腕の見せ所なので、その辺を味わっていただきたいと思います。

この詩の見所は、別れの悲しみを草に託してうたったところにあります。詩の第一句から第六句まで、草が毎年茂り、道や城壁まで広がってゆくさまをうたっていますが、この草の勢いのよさには少年の元気のよさ、明るい未来が感じられるように思われます。だから、第三句・第四句にうたわれている、冬になって枯れても、火に焼かれても、春になればまた芽吹いてくる草には、再開の希望が託されているように見えるのです。

この詩には、「白楽天の生涯」でも簡単に紹介しましたが、有名なエピソードがあります。十代の白楽天が科挙を受けるために自分のことを知っておいてもらおうと、当時長安で有名だった顧況を訪ねました。顧況は「長安は物価が高いから、居ることは易くないぞ」と、白楽天の名、居易にかけてからかいましたが、この詩の「野火焼けども尽きず、春風吹きて又生ず」の句を見て、「こんなすばらしい句が作れるのならば、居ることは難しくない。先ほどの言葉は、年寄りの冗談だ」と賞賛した、という話しです。白楽天の、いわば出世作ということになるでしょうか。

２ 慈恩寺で行く春を惜しんで

三月三十日　慈恩寺に題す
慈恩の春色　今朝尽く
尽日徘徊して　寺門に倚る
惆悵す　春帰りて留め得ず
紫藤花下　漸く黄昏

三月三十日題慈恩寺
慈恩春色今朝尽
尽日徘徊倚寺門
惆悵春帰留不得
紫藤花下漸黄昏

〈詩形＝七言絶句／韻を踏んでいる文字＝門・昏〉

三月三十日、慈恩寺の壁に書きつけた詩

慈恩寺の春景色も今日で終わりなので、
一日中、寺の中を徘徊し、門にもたれて立つ。

いくら嘆いても、行く春を引き留（とど）めることはできない。
紫の藤の花の下、しだいに黄昏（たそがれ）が深まる。

この詩は永貞（えいてい）元年（八〇五）、三十四歳、秘書省校書郎（ひしょしょうこうしょろう）だったときの作。三月三十日、長安の慈恩寺に遊（あそ）び、行く春を惜しんだ詩です。

「三月三十日」は、日本でも中国でも、古典文学の中では春の最後の日です。一年を三ヶ月ずつ四季に割り当てると、正月から三月が春、四月から六月が夏、七月から九月が秋、十月から十二月が冬ということになります。したがって三月三十日は春の最後の日になるわけです（旧暦では三十一日は無い）。

言葉の説明をしておきましょう。「題す」とは、建物の壁に詩を書きつけること。「尽日（じんじつ）」は、一日中。「倚」とは、もたれかかること。「惆悵（ちゅうちょう）」は、嘆き悲しむ。「留不得」の「不得」は、「〜できない」。「漸」は、「しだいに・だんだん」。

三月三十日、春の最後の日、行く春を惜しみ、嘆く。しかし、いくら嘆いても時の流れを留（とど）めることはできない。白楽天はそれを悲しんでいるのですが、「尽日徘徊」

し、「漸（よう）く黄昏（たそがれ）」が深まる、という表現に、無限の悲しみがこめられています。昔の詩人は、行く春を惜しむ詩を沢山作っています。それは花が散るのを惜しむ、春の華やかな風情を惜しむというだけではなく、時の流れを惜しむ、時間の流れとともに自身が年をとり、老いてゆくのを嘆くという思いがこめられているのです。唐初の詩人、劉廷芝（りゅうていし）の「白頭を悲しむ翁に代わりて」詩の「年年歳歳　花相似たり、歳歳年年　人同じからず」という句が有名ですが、そのような感じ方がこの詩にも共通しています。春を留（とど）めることはできず、自分が老いてゆくのも留めることができない、その嘆きも読み取ってよいと思います。

　昔から我が国でもこうした気分に同感する人が多かったのでしょう、この詩の第三・四句は、大江維時（おおえのこれとき）『千載佳句（せんざいかく）』上・送春、藤原公任（ふじわらのきんとう）『和漢朗詠集（わかんろうえいしゅう）』上・三月尽に収められています。

3 麦刈りを見て

麦を刈るを観る

田家　閑月少なし
五月　人　倍ます忙し
夜来　南風起こり
小麦　隴を覆って黄なり
婦姑は箪食を荷い
童稚は壺漿を携う
相随って田に餉し去り
丁壮は南岡に在り
足は暑土の気に蒸され

観刈麦

田家少閑月
五月人倍忙
夜来南風起
小麦覆隴黄
婦姑荷箪食
童稚携壺漿
相随餉田去
丁壮在南岡
足蒸暑土気

背は炎天の光に灼かる
力尽きて　熱を知らず
但　夏日の長きを惜しむ
復　貧婦人有り
子を抱いて　其の傍らに在り
右手に遺穂を秉り
左臂に弊筐を懸く
其の相顧みて言うを聴けば
聞く者　悲傷を為す
家田　税を輸し尽き
此を拾いて飢腸に充つと
今　我　何の功徳ありて
曽て農桑を事とせず
吏禄　三百石

背灼炎天光
力尽不知熱
但惜夏日長
復有貧婦人
抱子在其傍
右手秉遺穂
左臂懸弊筐
聴其相顧言
聞者為悲傷
家田輸税尽
拾此充飢腸
今我何功徳
曽不事農桑
吏禄三百石

歳晏れて　余糧有る
此を念いて私に自ら愧じ
尽日忘るる能わず

歳晏有余糧
念此私自愧
尽日不能忘

〈詩形＝五言古体詩／韻を踏んでいる文字＝忙・黄・漿・岡・光・長・傍・筐・傷・腸・桑・糧・忘〉

麦を刈るありさまを観て

農家には暇な月はほとんどない。
五月ともなれば、人々はいっそう忙しくなる。
昨夜から夏の南風が吹きはじめ、
小麦が熟して、畑一面、黄色に覆われた。
農家の婦人たちはご飯を入れた竹の器をかつぎ、
子供たちは飲み物を入れた壺を持って、
連れだって畑に弁当を運び、

男たちは南の岡の畑で働いている。
その足は暑い土の熱気に蒸(む)され、
背中は夏の炎天の日差しに焼かれる。
だが、力の限り働いて、熱さをものともしない。
ただただ、夏の日の長さを大切に、精一杯働いているのだ。
また、貧しい婦人がいて、
子供を抱いて農作業の側にいる。
彼女は右手には落ち穂を拾い、
左腕には壊れた篭をかけている。
まわりの人に語るのを聞けば、
聞いた人はみな悲しみを誘われる。
「我が家の畑は租税を収めて収穫がなくなってしまい、
この落ち穂を拾って飢えたお腹を満たすのです」と。
それにひきかえ、いま、私は何の功績があって、

つらい農作業に従事せず、
役人としての給与、三百石を頂戴し、
年の暮れになっても食糧に余裕のある暮らしをしているのか。
このことを考えて、心の内に自ら恥じ、
一日中、忘れることができなかった。

元和二年（八〇七）、白楽天が三十六歳で盩厔県尉だった時の作。題下に「時に盩厔県尉為り」という原注（白楽天自身がつけた、自注と思われます）があるので、詩が作られた背景が確かめられます。盩厔県尉だったとき、夏の暑い時期、麦刈りにいそしむ農民の姿を見て、我が身を振り返ってみた詩。

やや長い、言葉もちょっと難しい詩なので、煩わしいかもしれませんが、言葉の説明をしておきましょう。「田家」は、農家。「五月」は初夏ではなく、真夏です。中国でも日本でも、古典文学の暦では、四、五、六月が夏。「倍」は、「ますます」とよんで、いつも以上に、特別に、というくらいの意味。「隴」は、畑の畝。「婦姑」は、よめとしゅうとめ。婦は、「つま」の意。「箪食（たんし）」の箪は、竹で編んだ飯びつ。箪食で、竹の飯びつに入れたご飯をいいます。「壺漿（こしょう）」は、壺に入れた飲み物。「餉田去」の「餉」は、田畑で働いている人に弁当を届けること。「田」は、水田にはかぎらず、畑もいいます。「去」は、動詞（ここでは「餉」）の後につけて「～しに行く」という意味を表します。「丁壮（ていそう）」は、働き盛りの若者。「秉遺穂」の「秉」は、手に取る。「遺穂」は、穀物を収穫した後の落ち穂。落ち穂を拾うという意味です。「弊筐（へいきょう）」は、壊れたかご。「輸」は、ここでは租税を納めるという意味。「尽」とは、収穫した作物がなくなってしまったこと。「功徳」は、功績と徳ですが、ここでは功績の方に重点を置いて訳しました。「農桑」は、農耕と養蚕。もっとも主要な農作業。「吏禄」は、官僚としての俸禄。「晏」は、ここでは「おそい」の意。「歳晏」で、年が暮れる、年の暮れになる。

長い詩ですが、言葉の意味がわかれば、全体の意味はそれほど難しくはなくなると思います。自注にいうとおり、白楽天が県尉として地方官の現場を経験した、そのときの体験による詩でしょう。真夏の暑さのなか、麦刈りにいそしむ農民の姿を見、さらに落ち穂拾いをして飢えを満たさなければならない婦人を見た。彼らがなぜそんなに苦しい生活をしているのかといえば、収穫した作物をすべて税として納めねばならず、自身は食べるものにも事欠くありさまだからなのです。

一方、県尉である白楽天は、そういう農民たちから税を徴収する側にある。彼らがあれほどに苦労して農作業をし、かつかつの暮らしをしているのに、自分は官僚として俸給をいただき、ゆとりのある生活をしている。我が身を振り返ってみて、どれほどの功績、徳があってこうしていられるのかと恥ずかしく思う、というのです。

今日の言い方でいえば、社会的弱者の実態に触れてそれに同情し、それに比べて我が身の安楽さを恥ずかしく思う、責める。こういう気持ちをうたったというわけですが、この詩の狙いは自責の念をうたうことにあるのではありません。社会的弱者の境遇を世の中、特に為政者に知らせて政治のあり方を変えさせたいというところにあるのです。すなわちこれもまた、諷諭（ふうゆ）の詩なのです。

この詩にうたわれた、弱者と比べて我が身の安楽さを恥じる、責めるという感じ方は、「新たに布裘（ふきゅう）を製（つく）る」（四五ページ）にうたわれている、自身の快適さを広く人々に及ぼしたいという考え方と、一見、逆なように見えますが、自身の恵まれた状態と弱者の苦しい状態を対比して考えるというところで、心の動きとしては共通するものがありますね。この詩の方が、弱者の境遇が具体的に描かれているだけ、より切実なものがあるといえるでしょうか。また、この詩にうたわれているような、地方官として農民の実態に触れるという経験が、楽天の風諭詩の根底にあったという事実も、楽天の詩風を考える上で見逃せないことのように思われます。

なお、詩の表現について、少しく補足しましょう。面倒だと思われる方は飛ばして読んでくださってもかまいません。婦人や子供たちが南の岡の畑で働く男たちに、弁当や飲み物を運ぶ描写についてです。この詩には「婦姑は箪食を荷い、童稚は壺漿を携う。相随って田に餉し去り、丁壮は南岡に在り」とうたっています。この表現は何に由来するのでしょうか。『詩経』豳風「七月」の詩に「我が婦子と同じく、彼の南畝に饁す。田畯至り喜ぶ――妻子とともに、あの南の畑に食物を運ぶ。田畯もやって来て喜んでいる――。〔饁は、食物を送り届けること、田畯は、田畑を司る役人〕」という句があります。また、小雅「大田」という詩にも、婦子と南畝に饁するという表現があります。そうしてみると、楽天はこの句を、『詩経』の表現を下敷きにして作ったと言えるのではないでしょうか。また、落ち穂拾いをする婦人についても同じようなことが言えます。やはり『詩経』「大田」の詩に見えるのですが、未熟な若い稲、束ねてない稲、畑に残った稲束や穂などは、「寡婦の利」であるとうたわれています。つまり『詩経』の句によると、古代には、社会的弱者である寡婦が、落ち穂や収穫の残りを採ることが認められていたらしいのです。そして白楽天の時代にそういった慣習があったかどうか、いまはわかりません。が、あるいはこれも『詩経』にうたわれた古代の慣習を想起して、唐代にあっても古代の美風に倣うべきだという思いを託した表現だったのかもしれません。

4 林間に酒を暖めて紅葉を焼く

王十八の山に帰るを送り、仙遊寺に寄題す
曽て太白峰前に住し
数しば仙遊寺裏に到り来る
黒水澄む時　潭底出で
白雲破るる処　洞門開く
林間に酒を煖めて紅葉を焼き
石上に詩を題して緑苔を掃う
惆悵す　旧遊　復た到る無きを
菊花の時節　君の廻るを羨む

送王十八帰山寄題仙遊寺
曽於太白峰前住
数到仙遊寺裏来
黒水澄時潭底出
白雲破処洞門開
林間煖酒焼紅葉
石上題詩掃緑苔
惆悵旧遊無復到
菊花時節羨君廻

〈詩形＝七言律詩／韻を踏んでいる文字＝来・開・苔・廻〉

王質夫が山に帰るのを送り、仙遊寺の詩を作って寄せる

私はかつて太白峰の麓に住んでいた頃、
しばしば仙遊寺に遊んだものだった。
寺の前を流れる黒水が澄むと潭の底が透き通って見え、
山の白雲が消えると寺の門が現れた。
林の間で紅葉を焚いてお酒を温め、
石の上に緑の苔を払って詩を書きつけたりした。
だが、残念なことに、いまは仕事に追われて曽遊の地に行くことが出来ない。
菊の花が咲く、この良い時に、君が仙遊寺に帰って行くのを羨むばかりだ。

元和四年（八〇九）、三十八歳、左拾遺・翰林学士として長安にいたときの作。

はじめに題の説明をしておきましょう。「王十八」は、王質夫という、白楽天の友人。十八は、一族中の同世代の男子を、生まれた順番によって呼ぶ呼び方で、排行

(輩行)といいます。楽天は元和元年(八〇六)から三年間、長安の西にあった盩厔の県尉として勤めていました。仙遊寺は盩厔県にあったお寺で、楽天は盩厔県尉だった時期、しばしば仙遊寺に遊んでいます。王質夫は、その頃、仙遊寺の近くに住んでいました。有名な「長恨歌」も、王質夫、陳鴻と仙遊寺に遊んだ時に作られました。

この詩は楽天が長安に居り、王質夫が山(ここでは家をいう)に帰るのを送り、かつてしばしば遊んだ仙遊寺に行かれないのを嘆いて、詩を作って寄せたものです。「寄題」とは、離れたところのものを、そこへ行かずに詩にうたうこと。

少し言葉の意味を説明しておきましょう。「太白峰」は、太白山という山の名。盩厔県の西にそびえている終南山の最高峰で、標高三七六七メートル。その「前」といっていますが、山の麓のことです。仙遊寺裏の「裏」は、~の内、の意。「黒水」は、黒河という川。仙遊寺の前を流れています。実際にある川の名ですが、次の句の「白雲」という一般名詞ときれいな対になっているのが面白いですね。

「林間・石上」の二句は、この詩の極め付きの名句です。ただ、詩の語順と意味が微妙にずれますから注意が肝心です。「酒を暖めてその後で紅葉を焼」いているわけではありませんし、「詩を題してそれから緑苔を掃う」わけではありません。紅葉を焼いて酒を暖める、酒を暖めるために紅葉を焼く。緑苔を掃って詩を題する、詩を題するために緑苔を掃う、ということです。このような表現は、漢詩の修辞には時々見られます。なお、「題す」とは、壁などに詩を書きつけること、ここでは石に詩を書きつける。また単に詩を作ることも、「題す」と言います。この詩の題に「寄題す」とありますが、これは詩を作る方の意味です。「惆悵」は、嘆き悲しむ。「旧遊」は、むかし遊んだ場所をいいます。

友人が家に帰って行くのを送って送別の詩を作る。彼が帰って行く先は、かつてともに遊んだ仙遊寺の近所です。送別の寂しさに加えて、自分がその曽遊の地に行かれない寂しさが重なる。かつてそこで林間で紅葉を焚いてお酒を暖めて酌み交わし、興が乗ると詩を作って石の苔を払い、詩を書きつけるなどの風雅な遊びをした。世俗的な慌ただしさとは無縁の、詩人、文人のゆったりとした境地です。一方、現在の楽天は、若手高級官僚として宮廷で忙しく活躍しています。それはそれで充実感があり、誇らしくもあるでしょう。むろんそういう現状を受け入れてはいるのですが、旧友を

明徳出版社『漢詩』関係書の御案内

表示価格は税込（本体価格＋税10％）です。

漢詩名作集成〈日本編〉

李　寅生　五五〇〇円

飛鳥時代から現代にいたるまで、日本人が詠んだ漢詩から、独特の視点によって選出した四四〇首に、注釈の他、旧来とは異なった説を施した。自国の歴史と文化を理解する為に必要な書。『漢詩名作集成〈中華編〉』の姉妹書。

ISBN978-4-89619-957-4　A五判並製八五八頁

漢詩名作集成〈中華編〉

宇野　直人　六六〇〇円

『詩経』から近代の魯迅に至るまでの名作・佳篇を選出し、流麗な訳、丁寧な語釈・解説を施した『漢詩名作集成〈日本編〉』の姉妹編。漢詩愛好家の座右の書にして、一般読者の絶好の入門書

ISBN978-4-89619-956-7　A五判並製一一二〇頁

日本の漢詩
鎌倉から昭和へ

宇野　直人　四九五〇円

鎌倉時代の道元から昭和まで活躍した徳富蘇峰の作まで、各時代の漢詩二五四首を精選、訳注し、作者の個性や境遇、社会背景を述べた丁寧な解説を加えて、日本漢詩の流れと作品の魅力を語った書。

ISBN978-4-89619-850-8　A五判並製七八六頁

詩　経
〈中国古典新書【新装版】〉

石川　忠久　二七五〇円

儒教の経書の中で重要視される四書五経の中の五経の一。古代の宮廷や各地の民間の歌謡を集めたもので、孔子が三百五篇に整理したという。本書では国風を中心にして大雅・小雅・頌等の代表作五十篇を、近代の金文解釈等にふれながら訳注

ISBN978-4-89619-298-8　B六判並製二四〇頁

訓読 李白短詩抄

田中　佩刀　一五四〇円

杜甫と共に唐代を代表する詩人李白。彼が、山水の風物を楽しみ、友情や望郷の念などを詠んだ短詩一五五篇を選び、訓読・現代訳によってその魅力を紹介。

ISBN978-4-89619-304-6　B六判並製一五七頁

山田方谷の詩
―その全訳

宮原　信　一六五〇〇円

備中松山藩の財政再建者として知られている山田方谷が書きのこした漢詩、全千五十六首に一首ごとに読み下し・注・現代訳をつけ、巻末に便利な索引を加えた、二十余年の歳月をかけた方谷研究第一人者のライフワーク。

ISBN978-4-89619-100-4　A五判上製一一八四頁

久坂玄瑞全訳詩集

林田愼之助　亀田　一邦　一三二〇〇円

吉田松陰の門下生の中、高杉晋作と並び双璧と呼ばれた久坂玄瑞。蛤御門の変で倒れ、西郷隆盛等維新志士に死を惜しまれた悲劇の志士、久坂玄瑞。彼は優れた詩人でもあった。久坂玄瑞の漢詩を初めて全訳。

ISBN978-4-89619-977-2　A五判上製函入七二四頁

白楽天のことば

田口 暢穂

一六五〇円

玄宗皇帝と楊貴妃のロマンス、
り方を諷刺した「新楽府」「秦中吟」の
友人への情、花月雪、茶や酒の楽しみ等、日常を
に詠じた詩を主に採り上げた。

ISBN978-4-89619-766-2　B六判並製一九〇頁

頼山陽のことば

長尾 直茂

一六五〇円

「日本外史」の著者として、多くの傑作を残した漢詩人として、頼山陽は知られるが、本書では家族への情愛を吐露した詩や、旅中の感慨を詠じた絶唱等、また諸家の文も交え、親しみ易く生涯と人物像を描く。

ISBN978-4-89619-765-5　B六判並製二二二頁

湖村詩存

桂 湖村 著　村山吉廣 編

二五三〇円

『漢籍解題』の名著によって、また森鴎外の漢詩文の師として知られる博学の漢学者・桂湖村。高古・秀逸な彼の漢詩を収めた貴重な書を初公刊。「桂湖村伝」を附載し、その生涯と人物を紹介する。

ISBN978-4-89619-949-9　A五判上製一五四頁

安積艮斎　艮斎詩略　訳注

菊田 紀郎　安藤 智重

三三〇〇円

昌平坂学問所教授として師の佐藤一斎と双璧をなし、また斎藤拙堂と詩文の才を称され、その門に多くの逸材を輩出した安積艮斎の詞藻の真骨頂を示す「艮斎詩略」所収の全百一首を詳細に訳注。

ISBN978-4-89619-725-9　B六判並製三八四頁

牧野黙庵の詩と生涯

濱 久雄

四一八〇円

牧野黙庵は菅茶山・佐藤一斎・菊池五山等に師事した江戸時代末期の儒者であるが、詩人としても優れ、特に時事詩は瞠目すべきものがある。その詩と生涯を紹介し、埋もれた詩人の再評価を試みる。

ISBN978-4-89619-173-8　A五判上製二五八頁

岸上質軒の漢詩と人生

濱 久雄

三三〇〇円

明治時代に博文館の編集者として活躍し、多くの文人と交わった岸上質軒が遺した自筆稿本に収められた漢詩全三一〇首を訳注。質軒の詩風と時代背景、また明治詩壇の流風余韻を窺う貴重な資料。

ISBN978-4-89619-598-9　A五判上製二二三頁

二松学舎奇桀の士　佐藤胆斎

濱 久雄

三三〇〇円

夏目漱石・犬養毅等、嘗て二松学舎に学んだ傑物は実に多かった。佐藤胆斎もその一人。辛亥革命の檄文を起草し満州国建国に係わる機密文書を作成したことは特筆に値する。彼の生涯と詩文を解説。

ISBN978-4-89619-798-3　A五判上製二二八頁

大正天皇御製詩の基礎的研究

古田島 洋介

五五〇〇円

『大正天皇御製詩集謹解』の続編とすべく、同書に未載の漢詩二十七首を採り上げて解説し、併せて御製詩についてさまざまな角度から考察を加えた論考を収録。巻末には両書を合せた詳細な索引を付す。

ISBN978-4-89619-172-1　菊判上製函入三三八頁

㈱明徳出版社の電話番号は０３（３３３３）６２４７です。

送るに当たって、ふと、かつてともに楽しんだ風雅の遊びを思い出して懐かしみ、今の境遇を寂しいものに思う。白楽天の詩人としての感慨がよく表れている詩だと思います。

この詩の第五・六句ですが、平安時代から我が国でも愛好され、大江維時（おおえのこれとき）『千載佳句（せんざいかく）』下・詩酒、藤原公任（ふじわらのきんとう）『和漢朗詠集（わかんろうえいしゅう）』上・秋興にも採られています。また、『平家物語』巻六「紅葉」に、高倉天皇が紅葉をお好みになり、大事にしていらしたが、嵐に吹き荒らされて散ってしまった。掃除の下役人がその枝や葉を集めて酒を暖める薪にしてしまったのを、天皇がお聞きになり、笑って「白楽天のこの句の心を誰が教えたのか」と仰せになり、お咎めはなかったというエピソードを載せています。

5 秋の悲しみ

暮(く)れに立(た)つ

黄昏(こうこん)　独(ひと)り立(た)つ　仏堂(ぶつどう)の前(まえ)
満地(まんち)の槐花(かいか)　満樹(まんじゅ)の蝉(せみ)
大抵(たいてい)　四時(しいじ)　心(こころ)　総(す)べて苦(くる)しけれど
就中(なかんずく)　腸(はらわた)　の断(た)たるるは　是(こ)れ秋天(しゅうてん)

暮立

黄昏独立仏堂前
満地槐花満樹蝉
大抵四時心総苦
就中腸断是秋天

〈詩形＝七言絶句／韻を踏んでいる文字＝前・蝉・天〉

夕暮れ、ひとり立って思う

たそがれに独り仏堂の前に立っている。
地上には一面に槐の花が散り敷き、樹いっぱいに蝉の声がする。

わたしはおおむね四季を通じて心に苦しみを抱いているのだが、
とりわけ腸が断たれる思いがするのは、秋なのだ。

白楽天は元和（げんわ）六年（八一一）にお母さんを亡くし、官職を退いて下邽（かけい）の郷里で喪に服していました。この詩は三年の喪が明けた後、元和（げんわ）九年（八一四）秋、楽天四十三歳の作です。

言葉の説明を少し。「満地」は、地上一面。同じように「満樹」は、樹いっぱい。「槐（えんじゅ）」は、中国原産の木で、晩夏から初秋に薄い黄緑色の花をつけます。わが国でも街路樹などに見かけます。「蝉」は、漢詩文の世界では秋のものとされます。「就中」は、とりわけ。現在でも「なかんずく」という昔からのよみをあてています。

秋の黄昏（たそがれ）どき、ひとり立って物思いにふける白楽天。目に映るのは地上に一面に散り敷いた槐の花、耳にはいるのはいっぱいに響く蝉の声。絶句には珍しく、「満地」「満樹」と、「満」という字を繰り返し使っていますが、これは周囲の秋の風物を強く印象づけ、秋の気配を強調するための修辞です。

詩人である白楽天は、四季の移ろいに鋭敏に気づき、折々に季節の変化や時の流れを嘆き、心を痛めるのですが、いま、あたりに満ちている秋の気配に触れて、秋の悲しみには特別に堪え難い思いがする、と慨嘆しています。

漢詩の世界では、古くから秋は悲しい季節とされていて、「悲秋」という観念もあります。紀元前三世紀頃の、『楚辞』宋玉「九弁」の「悲しいかな、秋の気たるや。蕭瑟として草木揺落して変衰す」という句にもとづく考え方です。この詩は、その万物が衰え、滅びに向かうのを悲しむ感覚、伝統的な季節感を純化してうたったものでしょう。作者の鋭い感性に注目したいと思います。

なお、この第三・四句は、大江維時『千載佳句』上・秋興、藤原公任『和漢朗詠集』上・秋興に収められてよく知られています。わが国でも秋は悲しい季節として歌によまれていますが、それは、こうした中国の季節感が受容されたものです。

6 みなが暖かに！

新たに布裘を製る
桂布　雪よりも白く
呉綿　雲よりも軟らかなり
布は重く　綿は且つ厚し
裘を為りて余温有り
朝に擁して坐して暮れに至り
夜覆いて眠りて晨に達す
誰か知らん　厳冬の月
支体暖かきこと春の如きを
中夕　忽ち念う有り

新製布裘
桂布白似雪
呉綿軟於雲
布重綿且厚
為裘有余温
朝擁坐至暮
夜覆眠達晨
誰知厳冬月
支体暖如春
中夕忽有念

裘(きゅう)を撫(ぶ)して起(た)ちて逡巡(しゅんじゅん)す
丈夫(じょうふ)は兼済(けんさい)を貴(たっと)ぶ
豈(あに)独(ひと)り一身(いっしん)を善(よ)くせんや
安(いず)くんぞ万里(ばんり)の裘(きゅう)を得(え)て
蓋(おお)い裹(つつ)みて四垠(しぎん)に周(あまね)からしめん
穏暖(おんだん)なること皆我(みなわれ)の如(ごと)くにし
天下(てんか)に寒人(かんじん)無(な)からしめん

綿入れを新しく作って
桂州の布は雪より白く、
呉の綿は雲より柔らかい。
布はしっかりして重(おも)く、綿は厚い。

撫裘起逡巡
丈夫貴兼済
豈独善一身
安得万里裘
蓋裹周四垠
穏暖皆如我
天下無寒人

〈詩形＝五言古詩／韻を踏んでいる文字
＝雲・温・晨・春・巡・身・垠・人〉

綿入れを作れば十分に暖かい。
朝からくるまって夕方まで座り、
夜にはかぶって朝まで眠る。
誰が知っていよう、この厳冬の月に、
体が春のように暖かいことを。
夜中にふと思いついたことがあって、
綿入れを撫でつつ立ち上がって行ったり来たりする。
男子たるもの、天下の人々を救済するのが大事なのだ、
自分一人よければいいというものではない。
なんとか一万里四方もある綿入れを手に入れて、
四方のはてまでも覆（おお）い包みたいもの。
誰もが皆、私のように暖かく心地よくなり、
天下に凍える人などいなくなるようにしたい。

この詩は元和(げんわ)二年（八〇七）から元和(げんわ)十年（八一五）、白楽天が三十六歳から四十四歳の間に作られた作品とされています。白楽天が翰林学士(かんりんがくし)、左拾遺(さしゅうい)などの職にあった時期からお母さんの喪に服して下邽(かけい)に退き、また朝廷に復帰して江州に左遷されるまでの間に作られたことになります。新しい綿入れを作って、その暖かさを楽しんでいるのですが、自分一人が快適ならばよいというのではなく、広く天下の人々すべてが暖かく過ごせるようにしたい、という願いをうたっています。

少しく言葉の説明をしておきます。「裘(きゆう)」は、「かわごろも」という訓でわかるように、毛皮のコートをいいますが、この詩では「布裘」といっていて、布製です。それに綿を入れる、とうたっていますから、布製の綿入れでしょう。「桂布」は、桂州（現在の広西壮族自治区桂州市）でできる布。「呉綿」は、呉（現在の江蘇省あたり）に産する綿。「擁」は、衣服にくるまる。「中夕(ちゆうせき)」は、夜中。夕は、ゆうがたではなく、夜をいいます。「丈夫(じようふ)」は、一人前の男子。「兼済」は、広く人々を救済すること。「独善」は、本来は自分ひとり、人格を磨くこと。白楽天は、個人の心身の快適さを求めるという意味で使っています。「蓋裹(がいか)」は、すっぽりとおおい、つつむ。「四垠」は、四方の地のはて。

詩の意味は現代語訳でおわかりと思いますが、この詩の第十一・十二句に「兼済(けんさい)」「独善(どくぜん)」という言葉が出てきているのに注目してください。

白楽天は、「兼済」が「丈夫」たる自分の使命だと考えているわけで、だから自分ひとりが暖かく過ごす（＝「独善」）のにとどまることなく、大きな綿入れを手に入れ、皆が温かく過ごせるようにしたい、とうたったのでした。この、天下の人がみな幸福になって欲しいという考え方（「兼済」）は、白楽天だけではなく、中国の詩人たちが共通して持っているものです。その意味で、白楽天は中国知識人の伝統に沿った考え方をする人だといってよいでしょう。しかし、詩の第五句～第八句の、「布裘」の暖かさを楽しんでいるようすはどうでしょう。どうも「自分はどうなってもよい、みなが幸福ならば……」という自己犠牲の念から発した言葉ではなさそうです。まず自分の快適さを楽しみ、それを広く他に及ぼして、みなも快適になってもらいたい、と考えているように読めますね。白楽天は、若い頃から「独善」を愛する気持ちも持っていたのでした。

7 雨が……

夜雨

早蛩　啼いて復た歇み
残燈　滅して又た明らかなり
窓を隔てて夜雨を知る
芭蕉　先ず声有り

夜雨

早蛩啼復歇
残燈滅又明
隔窓知夜雨
芭蕉先有声

〈詩形＝五言古詩／韻を踏んでいる文字＝明・声〉

夜の雨に

早い時期のコオロギが啼いてはやみ、
消え残りの灯火が消えたかと思うと明るくなる。

そんな秋の夜、窓越しに雨が降り出したのに気づいた。
芭蕉の葉に、はやくも雨音がしているから。

元和（げんわ）十一年（八一六）から十三年（八一八）、四十五歳から四十七歳の間、江州司馬だった時期の作。

夜雨（やう）、すなわち夜の雨という題がついていますが、詩の内容としては、雨が降り出したことに気づいた、ということでしょうか。

ひとつだけ言葉の説明をしておきましょう。「蛩」は、コオロギ。「早蛩」で、秋、まだ早い時期から鳴いているコオロギをいいます。

早秋、コオロギが鳴き、灯火が瞬いている夜中、夜気を避けてでしょうか、窓を閉めてある。それなのに雨に気づいたのは、静けさの中、芭蕉の葉を雨が打つ音がしているから、というのです。その鋭敏な感覚が見所の、きれいな詩です。

8 夜中に雪が……

夜雪

已に衾枕の冷ややかなるを訝り
復た窓戸の明らかなるを見る
夜深くして　雪の重きを知る
時に聞く　折竹の声

夜雪
已訝衾枕冷
復見窓戸明
夜深知雪重
時聞折竹声

〈詩形＝五言古詩／韻を踏んでいる文字＝明・声〉

夜、雪が降った
夜具が冷たいのでどうしたのかと思ってみると、
窓や戸口が明るくなっていた。

夜更(よふ)けに雪が重く降り積もっていたのだ。

時々、竹が折れる音が聞こえてくる。

元和(げんわ)十一年（八一六）、四十五歳、江州司馬(こうしゅうしば)だったときの作。

言葉の意味を説明しておきましょう。「已……・復……」で、「～であって（～して）、～でもある（～する）」という気分を表します。「衾」は、布団、ふつうは掛け布団をいいます。

眠っていたのですが、襟元が冷えてきて目が覚め、どうしたのかと不思議に思って窓を見ると、ひどく明るい。時折、竹が折れる音もする。そこで雪が降り積もっていることに気づいた、というのです。雪景色を見てうたうのではなく、冷え込み、窓の雪明かり、竹の折れる音などで雪が深く降り積もったさまを描いた、きれいな詩です。とくに竹が折れる音で積もった雪の深さ、重さを表したところが見事です。

9 詩魔に憑かれて

酔吟二首其の二

両鬢の千茎　新たにして雪に似たり
十分の一盞　泥の如くならんと欲す
酒狂　又詩魔を引きて発し
日午悲吟して　日の西するに到る

酔吟二首其二

両鬢千茎新似雪
十分一盞欲如泥
酒狂又引詩魔発
日午悲吟到日西

〈**詩形**＝七言絶句／**韻を踏んでいる文字**＝泥・西〉

酔って詠う二首　其の二

両の鬢の千本もの髪　にわかに雪のように白くなった。
十分に満たした一杯を傾け、泥のように酔ってしまいたい。

酒狂がさらに詩魔を呼び起こし、
昼から詩を吟じ続けて、日暮れまで詠い続けた。

元和十三年（八一八）、四十七歳、江州司馬の時の作。

題に言うとおり、お酒に酔って、その心境をうたった詩です。ですが、酔ってゆったりとした気分をうたうのではありません。詩人白楽天の創作態度を考える上で重要な意味を持つ詩です。白楽天の詩を読む上でのキーワード、現代日本語とは意味が違う語があるので、その説明をしながら読んでみましょう。

「鬢」は、頭の側面です。両方の鬢の髪の毛。漢詩の世界では、なぜか髪は鬢から白くなるとされています。「茎」は、植物の「くき」ではなく、細いもの、ここでは髪、を数えるのに用いる助数詞です。新たに、といっていますから、近ごろ急に白いものが目立つようになったという気分です。「盞」は、見慣れない文字ですが、杯のこと。「泥」は、「どろ」の意味ではなく、中国の伝説上の虫の名で、南海に産し、骨が無く、グニャグニャしているといわれます。それで人がお酒に酔ったさまに喩えるわけです。今でも泥酔といいますね。髪が急に白くなったり、思い切り酔っぱらいたくなったり、左遷された身の嘆き、悩みが影響しているのでしょうか。

次の「酒狂」と「詩魔」は、訳すと長い説明になってしまうので、そのままにしてあります。「酒狂」というのは、お酒に酔って心が様々に乱れること。時には酒乱の意味にもなりますが、ここでは酔って暴れたりするのではないでしょう。常軌を逸した状態が「狂」です。酔ったあまり、考えが思いがけない方へ飛躍したりする、そういう状態を「狂」といったのでしょうか。それが「詩魔」を呼び起(お)こした。

「詩魔」は、白楽天の創作態度を考える上での重要なキーワードです。語義としては「詩を作りたくて、自分ではコントロールできない不思議な力」ということでしょう。感興が湧いて詩が作りたくなるというレベルにはとどまらない、ある強い力、自分ではどうにもならない、どこか外からやって来るような不思議な力を「魔」と呼んだわけです。楽天が心を傾けていた、仏教の影響がある言葉かもしれません。

おそらく楽天も、詩を作るとき、普通に周囲の風景や季節の推移、出来事などに触れて、心の動きを詠(うた)うことが多かったのでしょうが、時として、何かそういう不可思議な力に衝き動かされて詩を作ることがあったのでしょう。それが「詩魔」なのです。お酒に酔って心が日常的な働きを超えて鋭敏に作用するようになり、詩を作りたいという衝動を呼び起こした。もう、自分でも止められない。そこで夕方まで詩を作り続ける。「日午」は、真昼。お昼から日が暮れるまで、一日中詠い続けた。

「悲吟」といっていますが、おそらく詩的修辞ではなく、心の内に鬱積した嘆きや悲しみを綿々と詠い続けたのでしょう。江州に左遷された嘆きなどという現実的なものを超えた、人としての根源的な嘆き、悲しみを想わせる、何か壮絶な響きを帯びた言葉です。

詩人本人が「詩魔」に取り憑かれたという、こうした行動に、今日の我々は創作活動の非日常性や、詩人の業のようなものを感じて、痛々しい思いを抱きますが、楽天はかえって詩人として、この「詩魔」こそが自分の詩作の原動力だと感じていたように思われます。短い詩ですが、重い作品です。

10　廬山の山荘でのんびりと

香爐峰下新たに山居を卜し、草堂初めて成り、偶たま東壁に題す　五首　重ねて題す

其の三

日高く眠り足りて猶起くるに慵し
小閤　衾を重ねて　寒さを怕れず
遺愛寺の鐘は枕を欹てて聴き
香爐峰の雪は簾を撥げて看る
匡廬は便ち是れ名を逃るるの地
司馬は仍お老を送るの官たり
心泰く身寧きは是れ帰する処

香爐峰下新卜山居草堂初成
偶題東壁　五首　重題其三

日高睡足猶慵起
小閤重衾不怕寒
遺愛寺鐘欹枕聴
香爐峰雪撥簾看
匡廬便是逃名地
司馬仍為送老官
心泰身寧是帰処

故郷(こきょう)　独(ひと)り長安(ちょうあん)のみに在(あ)る可(べ)けんや　　故郷可独在長安

〈詩形＝七言律詩／韻を踏んでいる文字＝寒・看・官・安〉

香爐峰(こうろほう)のもとに山荘を作ることにし、草堂が出来上がった、そこで東の壁に書きつけた詩　五首　同じ題で重(かさ)ねてうたった第三首

日は高く昇り、十分に眠ったのに、なお起きるのは億劫(おっくう)だ。
小さな家だが夜着を重ねているので、寒さも苦にならない。
遺愛寺の鐘の音を枕に身を横たえたままで聴き、
香爐峰の雪を簾を撥ね上げて眺めやる。
この廬山こそは世間の名利(めいり)を逃れるのにはよいところであり、
司馬の職は、やはり老後を過ごすによい官である。
心身ともに安らかにいられるのこそ、我が身を落ち着かせる所なのだ。
故郷は長安だけに在ると限ったものではない。

元和(げんわ)十二年（八一七）、四十六歳、江州司馬(こうしゅうしば)の時の作。

昔から我が国でもよく知られた作品です。廬山の香爐峰という峰のもとに山荘を築き、出来上がったことを喜ぶ詩。ただ、この題をみて「おや？」と思われた方もあるでしょう。高等学校の教科書などに載っているのとは少し違って、意味がわかりにくい題ですね。教科書などでは、普通「香爐峰下……題東壁」となっていますが、『白氏文集』のもとの形ではここに挙げたように「香爐峰下……題東壁五首」となっていて、五首連作なのです。しかも連作でも、第一首から通して「其(そ)の一」「其(そ)の二」となってはいず、第二首目に「重題――重(かさ)ねて題す――」と題がついており、その第三首、つまり全体を通して五首連作の第四首目ということなのです。本文にも見慣れない所があると思いますが、それもよりどころにした『文集』の表記にあわせたためです。

例によって、言葉の説明をつけておきましょう。ちょっと面倒な所がありますが、辛抱しておつきあいください。

題の「香爐峰」は、江州の南にある廬山の峰の名。元和(げんわ)十一年（八一六）ころから白楽天は廬山に遊びに出かけるようになり、この香爐峰の佇まいが気に入って、山荘を建てたのです。「卜す」とは、住まいを定める、家を建てるということ。「草堂」は、屋根を草で葺いたような、簡素な住まいをいいます。山荘とか別荘を、洒落ていう言い方。「題す」は、詩を壁に書きつけることです。

「日高く眠り足りて」というのは、朝早く起きず、ぐっすりと眠っているさまをいいます。普通官僚は、中央の高級官僚にせよ、地方官にせよ、朝早く政務を見るものです。それをしなくてもよい境遇であることをうたっているのです。「小閤」は、小さな家、と解しておきます。字義としては、閤は、閣というのとほぼ同じ、閣は、二階建ての家ですが、やや緩やかに考えておきます。「衾」は、夜着、掛け布団。「遺愛寺」は、香爐峰の北にあったお寺。

「欹枕」は、伝統的に「まくらをそばだつ」と読んで、「枕を傾ける・枕を竪にする」などと解されてきましたが、唐詩の用例を調べた結果、「欹」が「何かを傾ける」ではなく、自身が「傾く」の意味に用いられていることが指摘されました。「欹眠」といえば、「横になって眠る」こと、「欹石」といえば、「石の上に横になる」こと

（石を立てるのではない）などの例があります。すると、「欹枕」も、枕に（頭を乗せて）横になっている状態をいうことになります。ここでは、その立場で訳してあります。「聴く」は、意識して聴くこと。「聞」は、きこえてくること。「きく」でも意味によって文字を使い分けることがあります。「撥簾」は、簾をちょっと掲げてみる、という気分でしょう。前の句がのんびり横になっているのですから、ここもわざわざ大きく巻き上げるのではないと思います。

「匡盧」は、廬山の別名。昔、殷から周に移り変わるとき、匡俗という人が世の混乱を避けて、この山に隠れ住んだという言い伝えがあり、匡盧と呼ぶようになったとされます。「名を逃る」とは、俗世間での名声、名利を避けて隠れること。匡俗が隠れたという伝説の地ですから、確かに名利、名声を避けるのに相応しい所ですね。「便ち是れ」は、「〜こそ〜である」という意味ですが、この場合、ピッタリの言葉づかいです。

「司馬」は、この時の楽天の官名です。司馬の職務について言うと、楽天の「江州司馬庁の記」という文があって、そこに「事務はなく、員数と俸給のみあること、左遷されたもの、高齢のものがつく職であること、名利を離れ、独り（ひと）ゆったり暮らすによい職であること、経済的には安定していること」などが述べてあります。なるほど「老を送るの官」と言うとおりなのですね。「仍お是れ（なこ）」は、「やはり何と言っても、〜である」という気分です。「帰」は、帰って行くという意味ではありません。「あるべき所に帰着する」の意味で、我が身を落ち着かせる場所ということです。「可独〜」で、「〜だけとは限らない」という反語。

ここで楽天は、長安が自分の故郷であるかのような言い方をしていますが、楽天に限らず、唐の詩人は長安を故郷と意識していました。政治・文化の中心で、自分がそこで活躍すべき場所、それこそがわが故郷、という思いです。長安ばかりが私の故郷ではない、この江州あるいは廬山だって、身も心も安泰に過ごせるのだから、閑職についてのんびり暮らせればそれで十分だ、ということですね。

おおまかに言って、この詩は前半の四句が新築の草堂での暮らしぶり、その気ままでのんびりとした快適な暮らしぶりがうたわれ、後半四句は作者の心境がうたわれています。こういう暮らしは、昔から隠棲の場として知られている廬山に世を避けて住み、江州司馬（こうしゅうしば）という閑職にあればこそできることなのだ。中央の政界から離れていればこそ、世俗の名利を棄てて穏やかな気持ちで生きて行くことができるのだ。心身ともに安らかに生きられるのが一番で、都長安＝地位や名声を競い合う場にばかりこだわることはない、と達観した心境をうたっていると読むことができます。

つまりこの詩は、江州に左遷された白楽天が、その挫折に負けずに、その境遇に適応し、精神的な安らぎを得ようとする心から生まれたものであり、のどかな自適の境地をうたう閑適の詩と言えるわけです。

白楽天の詩風は、江州時代を境にして大きく変化したといわれます。若い頃の楽天は高級官僚として政治的な発言をし、世のため人のために力を尽くすことができる立場にいました。詩でも「諷諭（ふうゆ）」といわれる、政治や社会を批判する内容の詩を作り、政権を担う重臣たちを批判しようとしました。「兼済（けんさい）」の精神を詩にあらわしたわけです。しかし江州左遷により、中央政界から追われ、地方の閑職に追いやられてしまったのです。政治家として力を振るい、世のため人のために尽力することができる立場にないのでは、「兼済」を実現することは難しい。自身の精神的充実を図り、落ち着いて満ち足りた気分、「独善」の境に安んずるしかない（「兼済」と「独善」については、「新たに布裘を製す」詩。四五ページ参照）。ならば詩についても政治的な発言より、自適の境地をうたう方がよい。楽天の心持ちは、そういったものだったのではないでしょうか。江州以後、楽天の詩に閑適の詩が目立つようになって行くのは、そういう心境の変化を反映したものだったように思われます。

ところで、楽天はこの詩の末二句にうたったような、精神的な安住の地を得たのでしょうか。本当に中央政界での活動を断念し、心の安らぎを得ることができたのでしょうか。まず、廬山が名利を逃れるによいところだとか、司馬が閑職で老後をのんびり過ごすにはよいとか、長安ばかりが故郷ではないとか、わざわざ言うところがかえって意識しているのではないかと思われます。また、この時期の他の詩を見ると、早く転任したいという気持ちをうたった詩が何首もありますし、実際に忠州刺史に転任が決まったときには「どこでもよいから異動できるのが嬉しい」と大喜びしてもいます。草堂での閑適の境を良しとしながら、官界での活動を願う気持ちも棄てきれない。そういう心境だったのでしょう。人の生き方や心のありようは、いつでもきれいに割り切れるものではありませんから、心の揺れがあるのは当然のこととも言えます。左遷された不遇の境に在って、自分の現状をできるだけ肯定的に（今ふうに言えば、ポジティブに）とらえ、現状に満足して安らかで穏やかな心境で生きようとする志向があらわれたのがこの詩の末二句だったのだと思います。

さて、この詩の第三・四句の対句は、我が国でも古くから愛好され、大江維時（おおえのこれとき）『千載佳句（せんざいかく）』下・山居、藤原公任（ふじわらのきんとう）『和漢朗詠集（わかんろうえいしゅう）』下・山家に収められています。清少納言『枕草子』の「雪のいと高う降りたるを……」段に見える、中宮定子が「香爐峰の雪、いかならむ」と仰せになったのに応えて、清少納言が御簾（みす）を高く巻き上げたという有名なエピソードも、この対句がもとになっています。この詩を取りあげた所以（ゆえん）です。

11 都、長安を去る

初めて城を出づ　留別
朝に紫禁より帰り
暮に青門を出でて去る
言う勿れ　城東の陌と
便ち是れ江南の路
鞭を揚げて車馬簇がり
手を揮って親故に辞す
我生まれて本郷無し
心安きは是れ帰する処

初出城留別
朝従紫禁帰
暮出青門去
勿言城東陌
便是江南路
揚鞭簇車馬
揮手辞親故
我生本無郷
心安是帰処

〈詩形＝五言古体詩／韻を踏んでいる文字＝去・路・故・処〉

長安の街を出て、皆に贈った詩

朝、宮中から帰った私が、
夕暮れには城門を出て行く。
街の東の路だとは言ってくださるな。
これは遠く江南の杭州への路なのだ。
鞭を揚(あ)げて沢山集まった車馬に挨拶し、
手を振って親戚や友人に別れを告げる。
私はもともと故郷というほどのものはない人間。
心安らかに暮らせれば、そこが身を落ち着ける場所なのだ。

長慶二年（八二二）、五十一歳、杭州刺史(こうしゅうしし)に任ぜられて長安を去る時の作。
白楽天は元和(げんわ)十三年（八一八）の暮、江州司馬(こうしゅうしば)から忠州刺史(ちゅうしゅうしし)に転任になり、十五年（八二〇）には長安に呼び戻されて、中央政界に復帰しました。そして長慶元年（八二一）

には中書舎人（詔勅を起草する官）、つまり政策の立案に関わる地位にまで昇っていたのです。宰相の一歩手前くらいの高い地位でした。ところが二年七月、自ら願って杭州刺史として地方に転出しました。この間の事情は、伝記では願って出たとありますが、天子の不興を被って左遷されたとする説もあります。この時期の詩にはこの転出にまつわる憤懣を吐露した作もありますから、何らかの事情を疑いたくなるのも無理のないところです。

例によって、言葉の意味を見ておきましょう。題の「城」は、城市＝城壁に囲まれた街のこと。ここでは長安をいいます。「留別」とは、旅立つ人が見送りの人に残す詩のこと。「紫禁」は、ここでは宮廷をいいます。「青門」は、もとは漢代、長安城の東南にあった門の名。青く塗られていたのでこの名がついたとされ、唐の詩にも、しばしばこの名が使われています。「陌」は、道路、街路。「江南」は、ここでは楽天が赴任して行く、杭州を言っています。

朝、宮廷から帰って、夕方には都を離れる。まことに慌ただしい話ですが、急に発令されたことを、こう表現したのです。この表現といい、次の第三・四句といい、何となく不本意な気分が感ぜられるようですが、如何でしょうか。
最後の二句は、「香爐峰下新たに山居を卜し……」詩（五八ページ）の末二句「心泰く身寧きは是れ帰する処、故郷独り長安のみに在る可けんや」とよく似ていますね。そこでは長安ばかりが故郷ではないというだけ、長安＝中央政界を意識しているように見えました。こちらは「生まれて本郷無し」といい、「心安らかに暮らせればどこでも……」といって、あれよりも、もうひとつ開き直っているように受け取れます。それだけ鬱屈した思いはより強かったのではないかという気がします。

楽天は杭州で、刺史として地方政治に尽力し、銭塘湖の堤防を修築したりしますが、また余暇に杭州の風光を楽しんでもいます。そして任満ちて、長慶四年（八二四）、太子左庶子（太子の侍従職）という政治の中枢からは遠い職に任ぜられ、さらに洛陽勤務（東都分司といいます）を求めて許されます。中央政界からは、自ら距離を置くようになってゆくのでした。

12 眠れない夜に

睡(ねむ)らず
焔(ほのお)短(みじか)くして寒釭(かんこう)尽(つ)き
声長(こえなが)くして暁漏(ぎょうろう)遅(おそ)し
年(とし)衰(おとろ)えて自(おの)ずから睡(ねむ)る無(な)し
是(こ)れ三尸(さんし)を守(まも)るならず

不睡
焔短寒釭尽
声長暁漏遅
年衰自無睡
不是守三尸

〈詩形＝五言絶句／韻を踏んでいる文字＝遅・尸〉

睡(ねむ)れずに
皿の油が尽(つ)きかけて灯火の焔が短くなり、
水時計の音が緩やかに響いてなかなか夜が明けない。

これも私が年をとって自然に睡れなくなったからで、
体内の三尸虫を見守って、寝ずの番をしているからではない。

長慶二年（八二二）、白楽天五十一歳、杭州刺史だった時の作。明け方近くまで眠れずにいる、その様子をうたった詩です。

少しく言葉の説明をしておきましょう。「寒釭（かんこう）」の「釭」は、灯火の油皿です。寒々とした灯火の、油が入っている皿のこと。「暁漏（ぎょうろう）」の「漏」は、漏刻といって、水時計のこと。その音で時刻を知（し）るわけです。「三尸（さんし）」というのは、道教でいう、三匹の虫の形をした神。普段は人の体内にいるのですが、庚申の夜、体から抜け出して天に昇り、天帝にその人の悪事を告げると考えられていました。そこで庚申の夜は三尸が体から出て行かないように、眠らずに過ごす習慣がありました。昔、わが国でも庚申待ちという行事がありましたが、その起源とされます。

この詩は、白楽天が眠れぬ夜を過ごしたことをうたったものですが、私が眠れないのは、三尸を守って眠らないのではなく、ただ年をとって眠りが浅くなったからなのだよ、という軽い冗談まじりの詩として読んでよいでしょう。もしかすると、たまたま庚申の夜にうたった詩だったから、それにちなんだ言葉を用いたのかもしれません。でも、五十一歳という作者の年齢を考えると、冗談めかした言葉づかいの背後に忍び寄る老いを憂える気持ちもあっただろうとは、たやすく想像できます。人は誰でも年をとりますし、加齢に伴う生理機能の衰え(おとろ)も免(まぬが)れません。それに気づいたとき、人はどのように生きていったらよいのでしょう。避けられない老いを自覚しつつ、深刻にならずに生きる——。この詩は、そんな生き方を暗示しているのかもしれません。また、「寒釭」、すなわち寒々とした灯火とは、おそらく冬の情景でしょう。白楽天はこの詩が作られた長慶二年の七月に中書舎人(ちゅうしょしゃじん)から杭州刺史(こうしゅうしし)になって赴任しているので、あるいは地方へ出たことで、何か思うところがあって、寝つかれない夜を過ごしていたのかと想像することもできます。

13 人間、世渡り下手な方がよい

自(みずか)ら喜(よろこ)ぶ

身(み)　慵(ものう)くして　勉強(べんきょう)し難(がた)し
性拙(せいせつ)にして　遅廻(ちかい)し易(やす)し
布被(ふひ)　辰時(しんじ)に起(お)き
柴門(さいもん)　午後(ごご)に開(ひら)く
忙(ぼう)は能者(のうしゃ)を駆(か)りて去(さ)り
閑(かん)は鈍人(どんじん)を逐(お)いて来(きた)る
自(みずか)ら喜(よろこ)ぶも誰(たれ)か能(よ)く会(かい)せん
才無(さいな)きは才有(さいあ)るに勝(まさ)ると

自喜

身慵難勉強
性拙易遅廻
布被辰時起
柴門午後開
忙駆能者去
閑逐鈍人来
自喜誰能会
無才勝有才

〈詩形＝五言律詩／韻を踏んでいる文字＝廻・開・来・才〉

ひとり喜ぶ

とかく億劫で、強いて何かをする気になれず、
不器用な生まれつきで、物事がてきぱきできない。
布団をかぶって朝寝をして、八時頃になって起き出し、
我が家の粗末な門は昼過ぎになってやっと開ける。
忙しさは有能な人を追い立ててゆき、
しずけさは鈍な人についてくる。
そこで、誰にもわかるまいが、私はひとり喜んでいる、
才能がないほうが、才能があるよりよいのだ、と。

太和七年（八三三）、白楽天が六十二歳の時の作品です。このとき楽天は、太子賓客分司という、皇太子の教育係のような侍従職、それも長安ではなく、洛陽で勤務するというほとんど実務を伴わない閑職についていました。詩の中で八時頃まで朝寝をし

ているとか、億劫で強いて何かをする気になれないなどと言っているのは、そういう地位にいるためもあるでしょう。

この詩は難しい言葉が多いので、少しく意味を説明しておきましょう。

まず、題の「自ら」ですが、他人はどうあれ、自分は自分で、といったニュアンスです。「ひとりで」と訳してみました。「慵」とは、億劫だ、物憂い、という意味。「勉強」は、現代日本語の「学習する、学ぶ」という意味ではありません。努めはげむ、頑張って何かする、ということです。「強」は、強いて何かする、という意。まぁ、「学習する、学ぶ」のも、努めはげむ、強いてするのには違いありませんが……。

それから「拙」は、「不器用」と訳しましたが、もちろん、つたない、へた、という意味です。問題は何が下手なのかですが、生き方が下手なことを言うのです。世の中でうまく立ち回って、いつもいい思いをする、損か得かで言えばいつも得な方に回っている、そういううまい生き方ができないのを、「拙」と言います。その反対に、世渡りがうまいのが「巧」です。「遅廻」は、ぶらぶらさまよい歩く、というのが元の意味ですが、ここでは、ぐずぐずして手間取っていることを言います。「布被」は、掛け布団。「辰時（しんじ）」は、今の午前八時頃。「柴門（さいもん）」は、雑木で作った粗末な門。隠者・世捨て人が住む質素な住まいの門を言います。国文学でも「柴の戸」という表現があります。ただし、実際の白楽天の邸は、大変広大なものでした。これは世捨て人みたいな生活をうたうための、詩的修辞です。「閑」は、心境が静かなこと。「誰能会」ですが、「能」は、「……できる」。「会」は、理解する、さとる。「会得」という熟語がありますね。ここでは「誰か能（よ）く会せん」と反語に読んで、誰もわからないだろう、という意味。

このように言葉の意味に注意して詩の内容をたどってくると、第一句で「慵」、億劫で何かをする気になれない、と言っているのは、ただのものぐさではないことがわかってきます。自分は世渡りが下手で、うまく立ち回ることはできないから、積極的に何かしようとは思わない、ぐずぐずと生きてゆくのが自分にはふさわしいから、そのように生きてゆこうという想いが込められているのです。白楽天の詩にはこの「慵」、「拙」という言葉がしばしば出てきますが、彼の処世態度を考える上で、大切なキーワードの一つと言えるでしょう。

「能者」＝有能な人とは、「拙」とは逆の、世渡りの上手な人。そういう人はいつもうまく立ち回ろうとしていろいろと神経を使い、忙しい思いをしている。逆に自分のように「鈍人」、鈍な人と訳しましたが、今ふうに言えばトロい人でしょうか、これが「慵」や「拙」にあたるわけですね。そういう人間はうまく立ち回る必要はないから、あくせくする必要もなく、それだけ静かな心持ちでいられる。

詩の最後の「無才」と「有才」は、むろん「鈍人」と「能者」、「拙」で「慵」な生き方をする人と世渡りの巧みな人のこと。

白楽天は、結局この詩で何を「自ら喜んでいる」のでしょうか。ただのらくらと怠けることを楽しんでいるのではないことは、もうおわかりでしょう。そうではなく、世の中を巧みに渡ってゆこうとしてあくせくするよりも、世渡り下手な自分の方が無駄に神経をすり減らすことなく、安らかな心で生きてゆけるという事実を噛みしめたうえで、そういう自分の生き方を喜んでいるわけです。つまりこの詩は、作者が、世渡り下手と思われてもいいから安らかな生き方を求め、その生き方を自ら楽しむ、そんな心境をうたった詩だったのです。

最後に一つ付け加えておきましょう。初めに、白楽天はこの詩を作った頃、太子賓客分司という閑職についていたと記しました。じつはこの地位は、閑職に回された、あるいは降格された結果ではなく、自ら望んでついた地位だったのです（「初めて城を出づ　留別」詩参照。六七ページ）。白楽天はこの詩で自分の生き方を「拙」だと言っていますが、今、私たちから見ると、安らかな生き方を求め、それにふさわしい地位が得られたのは、随分と恵まれたことだったのではないでしょうか。しかもその「閑職」に就けてもらうために、有力な友人知人に手を回したりもしています。その辺のことを考えると、本人の言葉とは逆に、白楽天はなかなか巧みに生きることができた人だったのかもしれません。

14

老後は静かな心境で

老来の生計

老来の生計　君　看取せよ
白日は遊行し　夜は酔吟す
陶令田有れども　唯　秫を種え
鄧家子無くして　金を留めず
人間の栄耀　因縁浅く
林下の幽閑　気味深し
煩慮　漸く銷え　虚白長し
一年の心は勝る　一年の心に

老来生計
老来生計君看取
白日遊行夜酔吟
陶令有田唯種秫
鄧家無子不留金
人間栄耀因縁浅
林下幽閑気味深
煩慮漸銷虚白長
一年心勝一年心

〈詩形＝七言律詩／韻を踏んでいる文字＝吟・金・深・心〉

老後の暮らしぶり

私の老後の暮らしぶりを、君、見てくれたまえ。

昼間はあちこち散歩して歩き、夜はお酒に酔って詩を吟じている。

昔、陶淵明（とうえんめい）は畑があっても、ただ酒造りのための秫（じゅつ）だけを植えたし、
鄧攸（とうゆう）は子供がないので、お金を後に残さなかった。

世間の栄華には縁が浅いが、
林間のしずけさは味わい深いものがある。

俗な煩わしい思いは次第に消え、心に雑念がなくなる。

一年一年、私の心はきれいになるのだ。


開成元年（八三六）、白楽天六十五歳、太子少傅分司（たいししょうふぶんし）だった時の作。

題の「老来」は、年を取って、という意味です。「来」は「〜して、〜になって」という気分を示す助字。「生計」は、いまの言い方とほぼ同じです。つまり、老境に

達しての暮らしぶりをうたった詩ということになります。

また、少しく言葉の説明をしておきましょう。最初の句の「君」は、詩を読んでいる人への呼びかけです。「遊行」は、あちらこちら、出歩くこと。「陶令」は、晋・宋の田園詩人として有名な陶淵明のこと。役人勤めをしていたとき、彭沢県の県令（長官）だったことがあるので、こう呼ばれます。その彭沢県の県令だったとき、官から支給された三頃の公田に、「私は酒が飲めればよい」と言って、酒造りに用いる「秫＝もちきび」を植えようとしました。妻子が食用の「秔＝うるちきび」を植えるように懇願したため、二頃五十畝に「秫」、残りの五十畝に「秔」を植えたという伝説があります（頃は、面積の単位。一頃は百畝です）。「鄧」は晋の鄧攸。北方遊牧民族が乱を起こし、鄧攸は家族と弟の子を連れて逃れましたが、途中、混乱の中で我が子を捨て、弟の子を助けました。そして、その後、ついに子はできず、跡継ぎを得られずに終わりました。助けられた甥は、攸がなくなったとき、父の喪と同じく三年の喪に服したと伝えられます。「因縁」は、ここでは縁というくらいに取っておきます。「気味」は、「おもむき」。「煩慮」は、語の意味としては「煩わしい考え」ですが、この詩では

「俗世間の生活に関する、煩わしいはかりごと」というニュアンスでしょう。「虚白」とは『荘子』に出ている語で、ここでは心に雑念がない状態。末尾の句、「この一年間の心は、昨年一年間の心よりよくなっている」というほどの意味です。

この詩にうたわれている白楽天の暮らしぶりは「白日(はくじつ)は遊行し、夜は酔吟す」というものでした。題に「生計」というのとは裏腹に、あまり家計の心配はしていないように見えます。それをよく表しているのが第三・四句です。「陶淵明(とうえんめい)は生活の問題は考えず、自分がお酒を飲めればよいとしていた。また鄧攸(とうゆう)は子供がないのでお金を残さなかった。自分も同じだ」といっています。白楽天は太和(たいわ)三年(八二九)に五十八歳で得た息子、阿崔(あさい)を五年(八三一)に三歳で亡くしています。その点では詩と実際の境遇が重なるところがあったわけですが、だからといって、楽天が本当にお金が無かったわけではありません。また、嵇(じゅう)の話は、楽天の経歴には見えません。つまりどちらも自分が実生活に無頓着なことを言うための詩的表現で、故事を用いて自分の心境を示して見せたのです。

古人に倣(なら)って貧富にはこだわらず、ゆったり暮らすのが一番。それが、五・六句の

「人間の栄耀　因縁浅く、林下の幽閑　気味深し」ですし、静けさを楽しめる心境になれたことを確認したのが、「煩慮漸く銷え　虚白長し、一年の心は勝る　一年の心に」という結びの二句だったのです。

詩の題では、生計や家計状況を気にしているように見えますが、内容を見るとそうではありません。老後の生き方、心の持ち方をうたうのが主になっていて、静かで穏やかな心境で暮らすのをよしとする考え方がうたわれているのです。

この詩が作られたのは、楽天が六十五歳、太子少傅分司の官にあったときでした。「老来」とはいっているものの、まだ現役なのです。それでいて、こういう心境になれる。その辺が自ら閑職を楽しむ人のゆとりなのでしょう。

この詩の第五・六句、大江維時『千載佳句』下・隠逸部・幽居、藤原公任『和漢朗詠集』下・閑居に収められています。

15 皆は宰相になったが、私は……

李留守相公、池上に過られ、舟を汎べ酒を挙げ、話して翰林の旧事に及べり。因って四韻を成し以て之を献ず

棹を引いて池岸を尋ね
樽を移して菊叢に就く
何ぞ言わん　済川の後
相訪う　釣船の中
白首　故情在り
青雲　往事空し
同時の六学士

李留守相公見過池上汎舟挙酒
話及翰林旧事因成四韻以献之

引棹尋池岸
移樽就菊叢
何言済川後
相訪釣船中
白首故情在
青雲往事空
同時六学士

五は相　一は漁翁

五相一漁翁

〈**詩形**＝五言律詩／**韻を踏んでいる文字**＝叢・中・空・翁〉

東都留守、李程が池がある我が家を訪れてくださり、船を浮かべてお酒を飲んで話が翰林学士だった昔の思い出になった。そこで八句の律詩を作り、献上する。

貴兄が池がある我が家をお尋ねくださったので、船に棹をさし、
菊が咲き乱れているところへ酒壺を運び、お酒を酌み交わした。
貴兄が宰相の重職をお辞めになった後、
私を訪ねてこの釣り船の中においでになろうとは、思ってもみなかった。
白髪頭になっても、昔の友情は変わらないが、
高い地位を望んだ昔のことは、空しいものになってしまった。
あの頃一緒だった六人の翰林学士は、
五人は宰相になったが、私一人だけは老漁夫になってしまったことだ。

会昌元年（八四二）、七十歳、太子少傅の職を停められた後、まだ退官はしていない時期の作。

大変に長い題ですが、白楽天には、時にこういう長い題の詩があります。詩を作ったいきさつを説明してあることが多く、序の役割を受け持たせています。

題の意味は訳文に示したとおりですが、少しく補足しておきます。

「李留守相公」は、李が姓、留守が東都留守という官名、相公は宰相に対する敬称です。つまり、姓に官名と敬称をつけて呼んだもの。東都留守というのは、唐代、都は長安（西京）と洛陽（東都）と、二つありました。無論、よく知られているとおり、天子は普段、長安に居り、政治を動かす役所や官僚組織も長安に在りました。政治の中心は長安です。しかし、洛陽にも、もうひとつ、役所と官僚組織があったのです。もちろん組織と人員があるだけで、天子はいませんから、そこで政務が行われることはありません。その洛陽に勤務すること（また、勤務している官僚）を、分司といいました。白楽天の太子少傅東都分司というのがそれです。実務はないのですが、官位や俸給は長安勤務の場合と同じです。こういう具合にお役所や官僚組織がある以上、天子に代わってそれを統括する人が必要です。その職を東都留守と呼び、王族や宰相クラスの高官が任命されました。この詩題の李留守は宰相から任命されたので、留守相公と呼ばれているわけです。その李留守、名は程です。李程は、昔、元和二年（八〇八）に楽天が翰林学士になった頃、同じ翰林学士の地位に在りました。言わばかつての同僚、旧友といってよいでしょう。

「見過」は、「過」は、立ち寄る、訪ねる。「よぎる」とよみます。「見」は、「る・らる」というよみをあてて、受け身を表す用法ですが、受け身の句形によって「李程が立ち寄ってくださった」という敬語の気分を表す、やや特殊な語法で、詩題には時々用いられるものです。

詩にも、故事にもとづく語がありますから、その説明もしておきましょう。

「済川」は、川を済るという意味ですが、『書経』「説命」に殷の高宗が傅説にむかって、「若し巨川を済らば、汝を用て舟楫と作さん――大きな川を渡るならば、お前を舟としよう――」と言った言葉にもとづいています。天子を輔佐することを言い、ここでは李程が宰相だったことを指しています。「釣船」は、池で舟に乗っていますので、それを意識した表現。末尾の「漁翁」とも関連します。「白首」は、白髪頭。「青雲」は、高い地位に喩えています。翰林学士として、官界でさらに高い地位を目指していた、青雲の志を抱いていた、そのことをいうのでしょう。

「六学士」は、元和二年頃に翰林学士だった、李程、王涯、裴度、李絳、崔羣と白楽天です。この六人、楽天以外はみな宰相になっています。「漁翁」は、老いた漁夫。漢詩文の世界では、漁夫は世を避けて気ままに暮らす隠者というイメージがあります。楽天はこの詩を作ったとき、すでに太子少傅分司の職を停められ、官僚の世界を去る直前でした。おそらく退官の意思を固めていたと思われます。そこで舟に乗っているのにちなんで、自身を漁夫＝隠者になぞらえたのです。それが「一は漁翁」の語になったのでした。

この詩、題に言うとおり、旧知の李程が訪ねてくれたことに謝意を表し、昔を思い出して語り合ったこと、そして今の自身の感懐をうたった詩です。

ここで注目したいのは末二句です。「同時の六学士　五は相、一は漁翁」とは、実に端的な表現です。五人はみな、宰相になったが、私一人は、退官目前の世捨て人――。

楽天は、宰相になれなかったのが、やはり残念だったのです。かつて同じ地位にいて、同じく青雲の志に燃えていた旧友が相手だからこそ、漏らすことができた本心かもしれません。

当時、官界に入ることを願った人たちにとって、長安＝政治の中枢で活躍するのは、最も望ましい生き方と思えたことでしょう。自身の出世、名声だけでなく、世の中の人々を幸せにする（「兼済」です）ためにも、それは目標とすべきだったのです。事実、楽天は中書舎人になっています。唐代、中書舎人になった人は、その多くが宰相の地位についています。楽天にも宰相になる可能性はあったのです。ところが楽天は中書舎人から杭州刺史に出てしまいました（あるいは、出されてしまいました）。その間の事情はよくわかりません。ともあれそれ以後は、洛陽で閑職につくことを自ら選び（「初めて城を出づ。留別」詩参照。六七ページ）、そのゆとりある生活を楽しんで過ごしたのでした。晩年の楽天が閑適の境を楽しんだ裏に、ほんの少しかもしれませんが、こういう無念の思いがあったことを見ておきたいと思います。

16 白楽天は人生の達人!?

達哉楽天行

達なるかな　達なるかな　白楽天
東都に分司すること十三年
七旬　纔かに満ちて冠已に挂け
半禄未だ及ばざるに車　先ず懸く
或いは遊客を伴って　春　行楽し
或いは山僧に随って　夜　坐禅す
二年　忘却す　家事を問うを
門庭草多く　廚　煙　少なし
庖童　朝に告ぐ　塩米の尽くるを

達哉楽天行

達哉達哉白楽天
分司東都十三年
七旬纔満冠已挂
半禄未及車先懸
或伴遊客春行楽
或随山僧夜坐禅
二年忘却問家事
門庭多草廚少煙
庖童朝告塩米尽

侍婢　暮に訴う　衣裳の穿つを
妻孥は悦ばず　甥姪は悶う
而るに我酔臥して　方に陶然たり
起き来って爾と生計を画る
薄産　処置するに　後先有り
先ず南坊の十畝の園を売り
次いで東郭の五頃の田を売らん
然る後に兼ねて居る所の宅を売れば
髣髴として緡二三千を得ん
半ばは爾の与に衣食の費えに充て
半ばは我の与に酒肉の銭に供せん
吾今已に年七十一
眼は昏く鬚は白く頭は風眩す
但恐る　此の銭　用いて尽くさざるに

侍婢暮訴衣裳穿
妻孥不悦甥姪悶
而我酔臥方陶然
起来與爾画生計
薄産処置有後先
先売南坊十畝園
次売東郭五頃田
然後兼売所居宅
髣髴獲緡二三千
半与爾充衣食費
半与吾供酒肉銭
吾今已年七十一
眼昏鬚白頭風眩
但恐此銭用不尽

即ち朝露に先だちて夜泉に帰せんことを
未だ帰せずして且つ住まるも亦た悪しからず
飢えて餐い楽しんで飲み　安穏に眠らん
死生　可も無く　不可も無し
達なるかな　達なるかな　白楽天

即先朝露帰夜泉
未帰且住亦不悪
飢餐楽飲安穏眠
死生無可無不可
達哉達哉白楽天

〈**詩形**＝七言古体詩／**韻を踏んでいる文字**＝天・年・懸・禅・煙・穿・然・先・田・千・銭・眩・泉・眠・天〉

達なるかな白楽天のうた

達なるかな、達なるかな、白楽天。
東都洛陽に分司として勤めること十三年。
やっと七十になったところで冠を脱いで職を辞し、
俸禄の半額の恩給を受ける前に引退した。
遊び友達と一緒に春、遊び歩いたり、

お坊さんについて夜、坐禅を組んだりする。
この二年、家計を問うのをすっかり忘れていた。
門や庭は草ボウボウ、台所には炊事の煙も立たないありさま。
厨房の料理人は、朝、塩も米もなくなったと言ってくるし、
小間使いの侍女は、夕方、衣服に穴が開いたと訴える。
妻子は不満顔だし、甥たちは心配そう。
しかし私は酔って寝そべり、陶然たる気分。
起きだしてお前と生計についてはかろう。
僅かばかりの財産だが、処分するには順序がある。
先(ま)ず南の街の十畝の菜園を売ろう。
次に東の街外れの五頃の畑を売る。
その後、今住んでいる屋敷も売れば、
どうやら二、三千緡(びん)にはなるだろう。
その半分はお前のために衣食の費用に充(あ)て、

残りの半分は私のために酒肉の代にさせてもらおう。
私は今、すでに七十一になった。
眼はかすむし鬚(ひげ)は白くなったし、頭はくらくらする。
ただ心配なのは、このお金を使い切らないうちに、
朝露が乾くのよりも早く、あの世に帰してしまうのではないかということ。
あの世に行かず、しばらくこの世に止まっているのも悪くない。
腹が減ったら食い、楽しく飲んで、安らかに眠ろう。
死ぬも生きるも、可も無(な)く不可も無い。
達なるかな、達なるかな、白楽天。

会昌(かいしょう)二年（八四二）、七十一歳、洛陽(らくよう)での作。この詩が作られた時、白楽天は官職に就いていませんでした。というのは、前年（会昌(かいしょう)元年）、七十歳の春、病気で百日間の休暇をもらい、休暇明けに太子少傅(たいししょうふ)の職を停められていたのです。もっとも百日の長い休暇を取ると、その職を停められるのは当時のきまりだったようです。したがって

この時の楽天は、官職に就いていないので俸禄は入らない、といってまだ正式に退官して年金で生活する身の上でもないという、どっちつかずの状態だったわけです。この詩はそういう身の上を自ら振り返った作品なのですが、詩を読んでみると、もうほとんど退職者みたいなうたいぶりですし、しかもそのほぼ退職者ともいえる暮らしと気分を自ら誇ってもいるようです。そのあたりを味わってみましょう。長い、しかもこの頃の習慣みたいなことを理解していないと意味がよくわからない所があって、説明が必要になりますが、おつきあいください。

先ず、題ですが、「たつさいらくてんこう」とよんでおきました。「行」とは、楽天本人の作品で言えば、「琵琶行」という有名な作品があるように、「○○のうた」という意味です。昔の歌謡に倣った詩、またそういうスタイルで作った詩につける題です。他には「○○歌」「○○引」等という題もあります。こういう題は、そのまま音読する習慣があるので、それに倣いました。訳は「達なるかな白楽天のうた」としておきましたが、これだけでは意味がわかりませんので、別に説明しましょう。

「達」は、ある事柄やものの道理に精通していること。「達者」（この言葉は白楽天も使っています）というと、ものの道理に通じている人のことです。身体が丈夫とか、元気だというのは、現代日本語の意味で、漢詩文の中での意味ではありません。「達人」もそうです。剣術の達人などというのは、日本語の用法です。漢詩文では、やはり「道理に通じた人」。人生の年輪を重ねてものの わかった人は、世間のきまりや形式にとらわれず、一見気ままに振る舞うことがありますが、そういう心境や行動スタイルを「達」というのです。今でも酸いも甘いも噛み分けた、もののわかったお年寄りを、人生の達人とほめたりしますが、それが近いでしょうか。すると題全体で、「なんと人生の達人だなぁ、白楽天は」と自ら感歎していることになりますね。そう、つまりこの詩は、自分自身への讃歌なのです。

第一句で「達人だなぁ、達人だなぁ、白楽天は」と、まず自身に対して感歎しておいて、以下、その達人たる所以を述べてゆきます。この句、「白楽天」と自分のことを字で呼んで、自身を客観化して表現していますね。それが生活を具体的に描写してゆくうちに、「我」に変わってしまうのが面白いところです。次第に本音が出てきたのでしょうか。

第二句の「東都に分司すること十三年」ですが、楽天は太和三年（八二九）三月に太子賓客分司に任ぜられて以来、会昌元年（八四一）に太子少傅分司の職を停められるまで、足掛け十三年、洛陽＝東都に分司として勤務しました（太和四年（八三〇）～七年（八三三）の河南尹として洛陽に勤めた時期を含む）。自身の経歴のまとめです。「七旬」の「旬」は、十日、また十年をいいます。ここでは七旬で、七十歳の意。「挂冠」とは、官僚のかぶる冠を柱などに掛けること。すなわち官職を辞することです。唐代の高級官僚には定年はありませんが、七十歳で退官するのが慣例でした。「半禄」とは、唐代の高級官僚が退官後に受ける年金というか、昔風に恩給という方が語感が近いような気がします。在職中の俸給の半額をもらえる決まりでした。そこで俸禄の半額、半禄というのです。よけいな心配ですが、楽天はこの詩を作った後、会昌二年の秋以降でしょうか、退官して恩給をもらうようになります。刑部尚書（法務大臣にあたる）という、閣僚級のポストで退官しましたから、その俸給＝月額十万銭の半額、五万銭をもらっていました。それをまだもらうようになっていないのに、「車先ず懸く」とは、やはり官職を退くこと。前漢の薛広徳が退官したとき、天子から許されていた安車（あんしゃ）＝老人用の乗り心地の良い車を高いところに懸けて子孫にその栄誉を伝えようとした故事にもとづいています。

この辺、先ほど述べたように、まだ退官していないのに、すでに退官したような言葉づかいになっていますからご注意ください。

「二年忘却す」とありますが、前年、会昌（かいしょう）元年に太子少傅分司（たいししょうふぶんし）の職を停められたときから、この詩を作っている会昌（かいしょう）二年までで、足掛け二年です。その間、「家事」、家計のことを考えなかった。「庖童（ほうどう）」は、「料理人、コック」。「庖」は、台所。「童」は子供ではなく、召使いなどをいう語です。「侍婢（じひ）」は、腰元・小間使いや下女。「妻孥（さいど）」は、妻子。「甥姪（せいてつ）」は、「おい」。「姪」も、おいの意。楽天は亡くなった兄弟の子供たちを引き取って同居していました。「陶然」は、酒に酔っていい気持ちでいるさま。「爾」は、生計の相談ですから、甥たちは含まず、妻をさすのでしょう。「薄産」とは、僅かな財産。

「坊」は、街の区画。「畝」は面積の単位で、唐代の一畝は、約五・八アール。この「園」は、菜園でしょうか。「郭」は、街を囲む城壁のさらに外の壁。ここでは

「東郭」で、東の郊外。「頃」も面積の単位で、一頃は百畝、約五八〇アール。「髣髴」は、「はっきりしないが、どうやら……」ということ。「緡(びん)」は、「さし」といって、昔の穴明き銭に通す紐。また、さしに通してひとまとめにした銭のこと。昔の中国では、一千文でまとめてさしに通していたようです。二、三千緡(びん)だと、銭二、三百万銭になり、恩給の月額五万銭と比べても、まぁまとまった金額といえるでしょう。

そうして手に入るはずのお金をどうするか。半分は奥さんのために衣食の費用、生活資金に充(あ)て、後の半分は自分がお酒を飲んで楽しむ費用に充てる。一家の主としての権威を以(もっ)て（？）自分の楽しみは確保する。

「風眩(ふうげん)」は、「眩」は、めまいがすること、「風眩」で、中風にかかって頭がふらふらすることでしょうか。開成四年（八三九）に風痺にかかった後遺症かもしれません（「旧石上の字に感ず」詩参照。一三六ページ）。「朝露」は、日が昇ると消えてしまう朝露。はかない人生に喩えた表現です。人の死を悼(いた)む挽歌、古楽府「薤露歌(かいろか)」に「薤上(かいじょう)の露、何(なん)ぞ晞(かわ)き易き（ニラの葉の上に降りた露は、なんと乾きやすいことか）」とあります。「夜泉」は、黄泉というのと同じ。あの世。なお、「帰」とは、本来居(お)るべき所に帰着する、という意味。生は人の仮の姿で、仮の姿から本来の姿である死に帰着するという考え方による表現です。

はかない人生、折角確保した酒代も、使い切らずに死んでしまうかもしれない。そんなことになったら死んでも死にきれない、とまでは言わぬにしても、心配ではある。

「死生」の句、生と死と、どちらが良く、どちらが悪いということもない。そういう区別は超越している、という意味。

のんびりと、飲んで、食べて、眠って、成り行きにまかせてもうしばらくは生きていよう。生きるも良し、死んでしまったらそれも良し。そういうふうに余生を送ろうとしているのは、「達なるかな、達なるかな、白楽天」、達人だなぁ、と念を押して詩を結んでいます。

全体を通して読むと、老境に達した白楽天が自身の心境をうたった作品であることが、改めてよくわかります。たとい金銭的には豊かでなくとも、ものにこだわらず、生死すら超越して、安穏な生活を楽しむ。そういう自在な心境を得られたことを自ら喜んでいる詩、と読んでよいでしょう。

この詩で面白いのは、生計を考えているところです。白楽天が困窮して畑や屋敷を売ってお金に換えたという話は伝わっていませんから、このあたりは詩的表現としてユーモラスにうたったのでしょう。むしろ「老来生計」詩（八〇ページ）で生計には無頓着な様子を見せていた楽天が、しっかりと田地を持っていたことに興味を惹かれます。老後の生活資金はどれくらい必要なのか、これは現代でも問題になるところですが、昔の詩人にもそういう心配はあって、しかもちゃんと備えをしていたわけです。何をどのような順番で売る、幾らくらいになる、などと金額まで具体的に計算していますが、実は白楽天は詩中にしばしば俸給の額をうたった詩人でした。そんなところも白楽天らしいと言えるでしょう。そして老後の資金が足りなくなるのを恐れるのではなく、使い切らぬうちに死ぬことを心配している。ここがこの詩で最も洒脱で、ユーモアを感じさせるところでしょうか。年老いてなお、こういう気持ちのゆとりを持てるのは、つくづく羨ましいと思います。まことに「達なるかな、達なるかな、白楽天」。

17 この花を見るのも、これが最後

游趙村の杏花
游村の紅杏　毎年開く
十五年来　看ること幾迴ぞ
七十三の人　再び到り難し
今春　来るは是れ花に別れんとして来る

游趙村杏花
游村紅杏毎年開
十五年来看幾迴
七十三人難再到
今春来是別花来

〈詩形＝七言絶句／韻を踏んでいる文字＝開・迴・来〉

游趙村の杏の花に
游趙村の紅い杏の花は毎年開く。
この十五年、何回この花を見に来ただろう。

七十三歳の私には、もう一度見に来るのは無理だろう。
今春来たのは、花に別れを告げようと思って来たのだ。

会昌四年（八四四）、七十三歳、春の作。既に会昌二年（八四二）、七十一歳で刑部尚書をもって退官しています。

游趙村は、村の名と解しておきます。一句目に游村というのは、略した呼び方。洛陽の東にあった村と考えられています。太和三年（八二九）三月、太子賓客分司として洛陽に赴任して以来、十五年。杏の花は毎年開き、私はそれを楽しみに、何度見に来たことか。

白楽天は花が好きでした。赴任した先で花を植えて心を慰め（「山桜桃を移す」詩。一六九ページ参照）、毎年咲く花を見ては年齢を重ねた我が身を嘆き、亡くなった友人の屋敷の花を見てはその友人を思って悲しむなど、いろいろな場面で花をうたっています。ただ、この詩には花にまつわる思い出や、複雑な心の動きはうたわれていません。七十三歳になった私は、もうこの花を見に来ることもあるまい。まことに率直な言い方です。そして、自分が生涯を終えるのも遠くはあるまい――。その予見が花への別れの言葉を淡々と吐かせたのでした。「今春　来るは是れ花に別れんとして来る」。自分の死が遠くないことを意識した、老いた詩人の穏やかな心境に感動させられます。

白楽天は、この詩を作った一年半ほど後、会昌六年（八四六）八月に七十五歳で亡くなりました。

18

私の老後

自ら老身を詠じ、諸家属に示す

寿は七十五に及び
俸は五十千に霑う
夫妻皆老ゆる日
甥姪 聚り居る年
粥美にして新米を嘗め
袍温かにして故綿を換う
家居濩落たりと雖も
眷属 幸いに団円なり
榻を素屛の下に置き

自詠老身示諸家属

寿及七十五
俸霑五十千
夫妻皆老日
甥姪聚居年
粥美嘗新米
袍温換故綿
家居雖濩落
眷属幸団円
置榻素屛下

炉を青帳の前に移す
書は孫子の読むを聴き
湯は侍児の煎るを看る
筆を走らせて詩債を還し
衣を抽きて薬銭に当つ
閑事を支分し了り
背を把いて陽に向かって眠る

移炉青帳前
書聴孫子読
湯看侍児煎
走筆還詩債
抽衣当薬銭
支分閑事了
把背向陽眠

〈**詩形**＝五言排律（拗体）／**韻を踏んでいる文字**＝千・年・綿・円・前・煎・銭・眠〉

老いた我が身を詠い、家族に心境を示した

年齢は七十五になり、
俸禄は五万銭を頂戴している。
夫妻がそろって老年に到り、

甥たちも集まり、同居している現在。
新米を食べてお粥は美味であるし、
古い綿を換えたので綿入れは暖かい。
家の中はがらんとして家財はないが、
家族は幸(さいわ)いに仲良く暮らしている。
私は榻を白い屏風のもとに置き、
炉を青い帳(とばり)の前に移(うつ)して坐り、
孫・子が本を読むのを聴いたり、
侍女が湯を沸かすのを看ていたりする。
筆を走らせ、詩を書き記して借りを返し、
着物を脱いで質に入れ、薬代に充(あ)てるのである。
こうして何や彼やのつまらぬ用事を処理し終えると、
あとは背中を掻(か)いて日向で眠るだけ。

会昌六年（八四六）、七十五歳、退官後の作。

白楽天は会昌六年の八月に亡くなっていますから、最晩年の作品です。題からわかるとおり、自身の老境を詠じ、家族に心境を示した詩です。家族にというより、半ば自分に向かって言い聞かせたものでしょうか。

例によって、少しく語句の説明をしましょう。題の「家属」は、家族のことです。「寿」は、ここでは年齢の意。「俸」といっていますが、楽天は会昌二年（八四二）、七十一歳で、刑部尚書（法務大臣に当たる）で退官していますから、俸禄ではなく、恩給を言っています。唐の高級官僚（五品以上）は在職中の俸禄の半額がもらえました。刑部尚書の俸禄は毎月十万銭でしたから、楽天は毎月五万銭をもらえたわけです（「達哉楽天行」詩。九一ページ参照）。「皆老」は、「偕老」となっている本もあります。夫妻が年老いるまで連れ添うこと。「甥姪」は、「おい」と解しておきます。楽天は亡くなった兄や弟の子供たちを引き取って、一緒に暮らしていたことがわかっています。「濩落」は、がらんとして何もないさま。家財がない様子をいうのでしょう。「眷属」は、身内、親族。「団円」は、団も円も、丸いこと。家族が仲良く、円満なさま。「榻」

は、腰掛け。縁台のような、細長く、低い寝台。「素屏」は、無地の屏風。「素」は、絵など描いてなく、白い。

「孫子」は、孫や子。子は楽天自身の子供ではなく、同居していた甥たち、孫は娘、阿羅（羅子のこと。「羅子」詩。一二四ページ参照）が産んだ外孫をさすのでしょう。阿羅は談弘謩に嫁ぎ、引珠（女子）と玉童（男子）を産みましたが、談弘謩は亡くなり、このころには子供たちと実家に同居していました。「侍児」は、侍女。「詩債」＝詩の借りとは、誰かから詩を贈られて、それに対する酬答の詩を作っていないことでしょう。「支分」は、物事を処理する意、と解しておきます。「閑事」は、むだなこと、つまらないこと。「把背」は、「爬背」となっている本もあります。同じ意味で、背中を掻くこと。「向陽眠」の「向」は、「〜で」という場所を示す用法。日向で眠る。楽天は他の詩でもひなたぼっこの心地よさをうたっています（「冬日を負う」詩。一七七ページ参照）が、この句は、のんびりして快適な境地を表したものです。

この詩、拗体の排律と見ておきます。最後の二句以外、すべて対句でできています。無事に高齢に到り、しかも生活の心配はない。夫妻が連れ添っており、身内も同居して賑やかに暮らしている。衣食にも事欠かず、快適で、特に立派な家屋敷ではないが、家族仲がよい。そういう家庭で、風が当たらぬようにして、炉にあたっている。孫・子が本を読む声がして、侍女がお湯を沸かしている。することといったら、詩の借りを返し、薬料が足らなくなったら衣服を脱いで渡す。あとはたいした心配事はない。そういうどうでもよいようなことを済ませたら、後は日向で昼寝を楽しむ。

のんびりした、しかもつつましやかな悠々自適の暮らしが、対句によって繰り返し描かれ、いかにも満ち足りた印象を受ける詩です。とは言え、楽天に心配事がまったくなかったとは思えません。この詩に限って見ても、夫に死別した娘、まだ小さい孫の行く末は気がかりだったでしょう。また、自身の生涯を振り返ってみても、すべて思い通りの人生ではなかったはずです。プライベートでは子供に恵まれなかったこと、官界にあってももっと高い地位を望んでいた節があること、心残りは幾らもあったでしょう。しかし、この自足の境地をうたい上げることができた。それは楽天の生き方、考え方の根底に、自分の現在の境遇を天命として享受し、無理をせず、できる限りの心身の快適さを求める、そういう思考法があったからだと思います——楽天自身の言葉で言えば、「知足（ちそく）〔足るを知（し）る〕」「安分（あんぶん）〔分に安んずる〕」など――。閑適志向という言葉でまとめてもよいでしょう。それは無論、人生の様々な辛苦から学んだものだったに相違ありませんが、その志向にもとづいて、楽天は生活のいろいろな面を律していたのです。それは閑職を求める、拙なる生き方を良しとする、心身の安泰を重んずるなど、この本で見てきた詩からも窺うことができると思います。楽天は自分をコントロールできる、ある種、強い人だったのです。そして楽天はそういう人だったからこそ、人生の最晩年に当たって、自分の生涯の総決算を自足の境地という形で示すことができた。この詩からは、白楽天のそうした強さも読み取ることができるのではないでしょうか。

Ⅱ　大切な人、好きなもの

19 娘よ……

病中　金鑾子を哭す
豈料らんや　吾方に病み
翻って汝の全からざるを悲しまんとは
臥して驚くは枕上よりし
扶けられて哭するは灯前に就く
女有るは誠に累と為すも
児無ければ　豈憐れむを免れんや
病み来って纔かに十日
養い得ること已に三年
慈涙　声に随って迸り

病中哭金鑾子
豈料吾方病
翻悲汝不全
臥驚従枕上
扶哭就灯前
有女誠為累
無児豈免憐
病来纔十日
養得已三年
慈涙随声迸

悲腸　物に遇いて牽かる
故衣　猶架上
残薬　尚頭辺
送りて深き村巷を出で
小墓田を封ずるを看る
言う莫れ　三里の地と
此の別れは是れ終天

悲腸遇物牽
故衣猶架上
残薬尚頭辺
送出深村巷
看封小墓田
莫言三里地
此別是終天

〈**詩形**＝五言排律／**韻を踏んでいる文字**
＝全・前・憐・年・牽・辺・田・天〉

病中、娘金鑾を悼む

実に思いがけないことだった、私が病気の時に、
逆にお前の死を悲しむことになろうとは。
臥していた私は驚いて、枕から起きあがり、

人に助けられて灯火の前で泣いてお前と別れた。
娘を持つのはまことにやっかいなものだが、
男の子がない身では、娘を可愛がらずにいられようか。
病気になって僅か十日でお前は死んでしまった。
育ててきて、もう三年になるというのに。
慈愛の涙は泣き声とともに迸り、
悲しみが遺された品物を見るにつけてわき起こる。
生前着ていた着物が今なお衣桁（いこう）に掛かっており、
飲み残した薬が今なお枕元にある。
奥まった村里から出て、野辺の送りをし、
小さな墓地を築くのをこの目で見た。
家から僅か三里のところ、などと言ってくれるな。
この別れは永遠の別れなのだ。

元和六年（八一一）、四十歳の時の作。

この年、白楽天はお母さんを亡くし、官職を辞し、下邽に退いて喪に服していました。その間に、金鑾という娘が亡くなったのです。僅か三歳でした。これはその幼い娘の死を悼んだ詩です。

まず少しく語句の説明をしておきます。題にある「哭す」とは、死者を悼んで泣くこと。「金鑾」とは、娘の名。「豈料らんや」は、反語で、思いがけないことに、という意。「方」は、ちょうどその時に、の意。「不全」は、死んでしまったことをいいます。「女」は、娘、「児」は、息子。「憐れむ」は、ここでは可哀想という意味ではなく、可愛がる、いとおしむの意。「悲腸」は、悲しい思い。「物」は、娘の遺品をいうのでしょう。「故衣」は、娘が着ていた衣服。「架」は、衣服を掛ける衣桁。「残薬」は、娘の飲み残した薬。「封」は、塚・墓を築くこと。「終天」は、永遠、永久。

金鑾は、白楽天の初めての子でした。その幼い娘を、お母さんの喪中に、しかも自分も病んでいたときに亡くしたのです。痛ましさのほどが窺えます。

詩の第三・四句は、昔から様々なよみがつけられていますが、いま、ここに掲げたようによみ、病床から起きあがって、亡くなった娘に別れを告げた、と解しておきます。

娘を持つのがわずらいの種だというのは、昔の中国では、跡取り息子を大事にして、女の子はあまり大事にしないという通念があったからです。それに、娘を嫁にやるのは物いりだということもありました。『後漢書』「陳蕃（ちんばん）伝」に出ている俚諺に、「盗も五女の門に過（よ）ぎらず――娘は嫁ぐまでにお金がかかり、家も貧しくなるから、泥棒も五人も娘のいる家には入らない――」というのがあります。でも、息子がいないから、娘だっていいから、かわいがらずにはいられない、というわけなのです。

その娘が、たった十日病んだだけで亡くなってしまったのですから、父として悲しみにうちひしがれるのは当然です。「慈涙」「悲腸」の句は、父親の真情をそのままに言ったもの。とくに「娘の着ていた衣服、飲み残しの薬が、まだそのままにある」という具体的な描写がリアルで、悲しみを誘います。

そして娘を送り、埋葬して別れる。村はずれの墓地は、距離にすればわずか三里なのですが（このころの一里は約六六〇メートル）、白楽天にとってはそうではありません。

この世とあの世に隔(へだ)てられてしまった、永遠の別れなのだ、と別れの悲しみを改めてかみしめるのです。これもまた、父親としての真情でしょう。まことに痛ましい、そして白楽天が家族や身内のことを心から大切に思う人だったことが、よくわかる詩です。

なお、ちょっと詩の形式について触れておきましょう。この詩は、排律(はいりつ)という形式で作られています。排律とは、通常の律詩が八句で作られるのに対して、十句以上の長い律詩で、初(はじ)めの二句と終わりの二句以外は対句を重(かさ)ねる形で作ります（「漢詩の基礎知識」参照。一八六ページ）。それだけ韻の踏み方や、平仄(ひょうそく)配置などが難しい形式なのです。しかもこの詩は十六句あり、排律としてもやや長めです。楽天はかわいい一人娘を亡くした悲しみの中で、こういう難しい形式で自分の悲しみをうたいあげたわけで、そこに白楽天の詩人としてのすぐれた技量を見ることもできると思います。

20 妻へ

贈内

漠漠闇苔新雨地

微微涼露欲秋天

莫対月明思往事

損君顔色減君年

〈詩形＝七言絶句／韻を踏んでいる文字＝天・年〉

内(ない)に贈(おく)る

漠漠(ばくばく)たる闇苔(あんたい)　新雨(しんう)の地(ち)

微微(びび)たる涼露(りょうろ)　秋(あき)ならんと欲(ほっ)する天(てん)

月明(げつめい)に対(たい)して往時(おうじ)を思(おも)うこと莫(なか)れ

君(きみ)が顔色(がんしょく)を損(そん)じて　君(きみ)が年(とし)を減(げん)ぜん

妻に贈る詩

雨あがりの地上、暗がりに苔が一面に広がり、

秋になろうとする時期、うっすらと冷(ひ)やかな露が降りている。

あなたは月明かりに往時を偲ばぬがよい。
物思いにふけると、あなたの容色を損ない、寿命を縮めるから。

元和九年（八一四）、四十三歳、母の喪に服して下邽に退居していたときの作。

題の「内」は、妻の意。「ない」と読んでおきますが、「つま」と読む人もあります。奥さんの楊氏を指します。

さほど難しい言葉はありませんが、一つ二つ、語の意味を見ておきましょう。「漠漠」は、広く一面に広がっているさま。「闇苔」は、暗がりに生じた苔と解しておきます。「年」は、ここでは年月の意味ではなく、寿命をいいます。

元和六年（八一一）四月三日に白楽天のお母さんが亡くなりました。楽天四十歳の年です。その喪に服するため、楽天は官職を去り、下邽の故郷に退居します。もちろん楊氏も一緒でした。ところが、母を亡くした悲しみに追い打ちをかけるように、一人娘の金鑾がなくなります。僅か三歳でした（「金鑾子を哭す」詩。一一五ページ参照）。

この詩にうたわれている「往時」とは、かわいい盛りに世を去った、幼い娘の思い出が、当然、含まれていることでしょう。

初秋のひんやりとする雨あがりの夜、月を見ては物思いに沈みがちな妻。その妻の心に寄り添い、身を案じて、あまり悲しみすぎないようにといたわりの言葉をかける楽天。穏やかで美しい夫妻の姿です。

漢詩の世界では、夫婦の情をそのまま詩にうたうことは、あまりありませんでしたが、白楽天にはこのように奥さんに贈る詩が幾つもあり、昔の詩人たちの夫婦愛を垣間見せてくれています。

この詩の第三・四句は、大江維時（おおえのこれとき）『千載佳句（せんざいかく）』上・感月に収められています。また、『竹取物語』には、かぐや姫が月を眺めて物思いに沈むのを見た人が「月の顔見るは忌むこと」と止めたり、翁が「月な見給ひそ。これを見給へば、物思す気色はあるぞ」と止めるくだりがあります。あるいはこの詩の影響があるのかもしれません。

21 娘は可愛いが、父としては……

羅子（らし）

女（じょ）有（あ）り　羅子（らし）と名（な）づく
生来（せいらい）　纔（わず）かに両春（りょうしゅん）
我今（われいま）　年已（としすで）に長（ちょう）じ
日夜（にちや）　二毛新（にもうあら）たなり
顧念（こねん）す　嬌啼（きょうてい）の面（めん）
思量（しりょう）す　老病（ろうびょう）の身（み）
直（た）だ応（まさ）に頭雪（かしらゆき）に似（に）て
始（はじ）めて人（ひと）と成（な）るを見（み）るを得（う）べし

羅子

有女名羅子
生来纔両春
我今年已長
日夜二毛新
顧念嬌啼面
思量老病身
直応頭似雪
始得見成人

〈**詩形**＝五言律詩／**韻を踏んでいる文字**＝春・新・身・人〉

わが娘、羅子（らし）

私の娘、名前は羅子、
生まれてやっと二年。
いま、私はすでに年老いて、
毎日白髪が増えて行く。
甘えたり泣いたりする顔を見ては娘のことを思い、
老いて病気がちの我が身を心配する。
きっと髪が雪のように白くなったとき、
やっと一人前になったこの子を見ることができるはずだ。

元和（げんわ）十二年（八一七）、四十七歳、江州司馬（こうしゅうしば）だったときの作。
題の「羅子」というのが娘の名前です。詩の中でうたわれているとおり、元和（げんわ）十一年に生まれています。「生来」は、「生まれつき・生まれついて」という意味ではなく、

「生まれてから」というほどの意。「来」は「〜して」というくらいの助字的な意味です。「二毛」は、白髪。もともとは白髪と黒い髪と、二色の髪が混じったさまを言いますが、このように白髪をいうこともあります。「嬌」は、幼い子が甘えた様子で可愛らしいことを言います。女子の「成人」は、このころは十五歳でした。笄年と言います。

まだ幼い娘をうたった詩です。白楽天は最初の娘を三歳で亡くしていました（「病中金鑾子を哭す」詩。一一五ページ参照）。この羅子は、次女ということになります。

上の子を幼いうちに亡くし、いま次女が生まれた。かわいくて仕方がないのは容易に想像できます。しかしこの詩を作ったとき、楽天はすでに四十七歳です。娘が十五歳になり、成人するとき、自身は六十になっている。この子が一人前になるまで、何とか頑張らなければいけない。すでに髪が白くなり、病気がちの身の上を思うと、ただかわいいと言うだけではすまされません。自分はいつまで元気にこの子の成長を見守ってやれだろうか。女の子だから、お嫁にやる心配もある――。父親として、その心配が生じてくるのは無理のないところです。可愛いけれど、自分の年齢を考えると心配でもある。これは昔も今も変わりの無い親心でしょう。その微妙な心理をうたっているのです。

因みに、楽天は、のち、太和三年（八二九）、五十八歳になって、初めて阿崔という男の子に恵まれます。その時には「豈料らんや　鬢雪を成して、方めて掌に珠を弄するを看んとは――まさか雪のような白髪になって、はじめて掌中の珠を看ようとは――」（「阿崔」）とうたって大喜びをしたのですが、気の毒なことにこの子もわずか三歳で夭折します。楽天は、子供には恵まれない人だったのです。

でも、この羅子だけは、白楽天の子供たちの中でひとりつつがなく成人し、楽天も外孫とはいえ、孫の顔を見ることが出来ました。楽天の生涯を知っている私たちとしては、何となくホッとさせられます。

22 亀児よ、元気に育っておくれ

路上にて銀匙を与え、阿亀に寄す
謫宦せらるるも　心　都べて慣れ
郷を辞するも　去ること難からず
亀子を留め住せしむるに縁り
涕涙　一に闌干たり
小子　須く嬌養すべし
鄒婆　為に好く看よ
銀匙　封じて汝に寄す
我を憶えば即ち餐を加えよ

路上寄銀匙与阿亀
謫宦心都慣
辞郷去不難
縁留亀子住
涕涙一闌干
小子須嬌養
鄒婆為好看
銀匙封寄汝
憶我即加餐

〈詩形＝五言律詩／韻を踏んでいる文字＝難・干・看・餐〉

旅の途中で銀の匙を阿亀（あき）に送ってやる
私はこの度、貶謫（へんたく）されることになったが、心はまったく平静で、
故郷を去（さ）ることになっても、かまいはしない。
だが、阿亀を家においてきたので、
あの子のことを思うと、涙がとめどなく流れる。
弟よ、あの子を可愛がって育てなくてはいけないよ。
鄒婆（すうば）もよく面倒を見ておくれ。
いま、銀の匙を手紙に入れてお前に送る。
私のことを思い出したら、ご飯を沢山食べて、体を大事にするのだよ。

長慶二年（八二二）、白楽天が五十一歳、中書舎人（ちゅうしょしゃじん）から杭州刺史（こうしゅうしし）に任ぜられて出たときの、旅の途中の作。

詩が作られた事情説明を兼（か）ねて、言葉の説明をしておきましょう。

題の「路上」とは、長安から杭州に向かう途上、の意。「阿亀」は、白楽天の弟、行簡の息子です。詩には、しばしば亀郎・亀児などの呼び名で登場します。元和八年（八一三）の生まれなので、この時十歳でした。「阿」は、親しみをこめた呼びかけの接頭語。楽天には息子がいず、行簡は一時、楽天と一緒に暮らしていたこともあって、楽天はこの亀郎を随分とかわいがっていたようです。「寄」とは、離れたところから詩や手紙、あるいは物を贈ること。

「謫宦」とは、この度、杭州刺史に出たこと。白楽天の伝記では、自ら外任を求めて出たと記されていますが、この時期の詩を読むと、天子の不興を被って出されたのかもしれません。昔から両方の解釈がありますが、近年の研究では、出されたとする説が目立つようです。「謫宦」という語は、罪によって地方へ出されるという意味ですから、この詩だけ見れば左遷だったかという気もします。すると「心都べて慣れ――役人生活には左遷はつきものだから平気だ――」と言ってはいますが、本心ではあまり平気ではなかったのかもしれません（「初めて城を出づ　留別」詩。六七ページ参照）。

「闌干」は、涙がとめどなく流れるさま。「一に」は、強調。

「小子（しょうし）」は、弟行簡に呼びかけた言葉でしょうか。「嬌」は、「子供をかわいがる・甘やかす」などの意。「鄒婆」は、よくわかりませんが、阿亀の乳母で鄒という名の女性と考えておきます。最後の「餐を加えよ」という語は、「古詩十九首」など、ごく古い時代の詩にも用いられている語で、餐＝食事をしっかり摂って、体を大事にするという意味です。

朝廷の高官から地方長官になって出た、その寂しさや無念さは、ひとまず措（お）いて、小さな甥のことが気にかかる。その家族身内を思う気持ちを率直にうたった詩と考えてよいでしょう。ちょっとほほえましい詩です。

なお、余談ですが、英語文化圏には、赤ちゃんが銀のスプーンをくわえて生まれるという言い方があります。幸運に恵まれた子を言います。この詩で楽天が銀の匙を贈っているのが、それに似ているようで面白い気がします。もっとも、他の詩人にそういう表現があるかどうかは、わかりませんが。

㉓ そなたの残した鏡に

鏡に感ず

美人　我と別る
鏡を留めて匣中に在り
花顔去りてより
秋水に芙蓉無し
年を経て匣を開かず
紅埃　青銅を覆う
今朝　一たび払拭し
自ら憔悴の容を照らす
照らし罷みて重ねて惆悵す

感鏡

美人与我別
留鏡在匣中
自従花顔去
秋水無芙蓉
経年不開匣
紅埃覆青銅
今朝一払拭
自照憔悴容
照罷重惆悵

背有双盤竜

〈**詩形**＝五言古詩／**韻を踏んでいる文字**＝中・蓉・銅・容・竜〉

背(せ)に双盤竜(そうばんりゅう)有(あ)り

鏡を見て思う

美しい人と別れたとき、
残していった鏡が箱の中にある。
花のような美しい顔を見ることができなくなってからは、
秋の池に蓮の花がないのと同じように寂しい。
何年も鏡をしまった箱を開けなかったので、
赤い埃が青銅の鏡を覆(おお)っていた。
今日、埃を拭って、
自分のやつれた姿を映してみた。
見終わって、またも悲しみがこみ上げてくる。
鏡の裏には雌雄一対の竜がからみあっているのだ。

この詩は、元和七（八一二）～八年（八一三）、白楽天が下邽でお母さんの喪に服していた時の作で、昔の恋人が、別れるときに残していった鏡を見て感じた思いをうたったものです。

少し言葉の説明をしましょう。「匣」は、箱。鏡をしまってある箱です。恋人を思い出すのも辛かったのでしょうか、その箱を何年も開けなかった、というのです。「芙蓉」は、漢詩の用語としては、蓮の花をいいます。現在のフヨウではありません。「今朝」といっていますが、ここでは「今日」の意に解しておきます。「双盤龍」は、雌雄一対（＝双）の、わだかまっている（＝盤）竜。鏡の裏面の模様です。別れた人を思いつづけてやつれた我が姿を鏡に映してみた後で、その裏にある雌雄のからみあっている模様が目に入る。この竜ははなれることはないと思うとひとしお悲しみがこみあげる。結びの二句はそんな気分でしょう。

白楽天には、若い頃、湘霊という名の恋人（おそらく妓女でしょう）がいたようです。この詩にいう「美人」が湘霊かどうかはわかりませんが……。この詩を作ったときには、白楽天はもう結婚して数年たっているのですが、昔の恋人を忘れかねていたようで、寂しく、切ない気持ちがよく伝わってきます。といって、奥さんに対する愛情がないということではないのですが……。ともあれ、その昔の恋人を思う気持ちを率直にうたっている点を味わっていただきたいと思います。

漢詩には、詩人が自分自身の恋愛感情をうたった詩というのは、あまりありません。その意味で、白楽天が「湘霊」はじめ、女性をおもう詩をいくつも残しているのは、注目に値します。

24 石に彫られた女性の名は

旧石上の字に感ず
間に船を撥して行き　旧池を尋ぬ
幽情　往時　復た誰か知らん
太湖　石上　三字を鐫る
十五年前の陳結之

感旧石上字
間撥船行尋旧池
幽情往事復誰知
太湖石上鐫三字
十五年前陳結之

〈詩形＝七言絶句／韻を踏んでいる文字＝池・知・之〉

古い石に彫った文字を見て
つれづれに船を漕いで、なじんだ池を訪れた。
心中のひそかな思いと往時のことを、誰が知ろうか。

池中の太湖石には三字が彫りつけてある。
それは十五年前になじんだ女性の名、陳結之。

開成四年（八三九）、六十八歳、太子少傅分司の職にあった時の作。

池中の石に彫りつけられた文字から、昔なじんだ女性（妓女）を偲び、懐かしんだ詩です。

ややわかりにくい語がありますから、まず、語句の説明をしましょう。題の「旧石上」という「石」とは、詩中の「太湖石」を指します。中国の名園には庭の中心部に、波に浸食されて幾つも穴が開いた、細長い、不思議な形の石が据えられていることがあります。あれが太湖石です。江蘇省蘇州市郊外の太湖の特産とされ、太湖石の名がつきました。白楽天は宝暦元年（八二五）から二年（八二六）まで、蘇州刺史の任にありましたが、都に帰るとき、太湖石、白蓮、折腰菱（菱の一種？）、青板舫（青く塗った船）を持ち帰りました。中国では多くの詩人・文人が太湖石を愛好していますが、楽天はその早い例でしょう。因みに白蓮も、洛陽など北の方では、まだ珍しかったようです。「間」は、「閑」と同じ意味。のんびりと、することもなく、などの意。「撥」は、ここでは「さおさす、船を進める」の意。「旧池」とは、ただ古いか新しいかを言うのではなく、古く馴染んだ、という気分です。この池は、洛陽の楽天の屋敷内にある池です。蘇州から持ち帰った太湖石を据え、白蓮や折腰菱を植え、青板舫を浮かべてあったようです。「鐫」は、「える」と訓み、「彫りつける」という意味。「陳結之」ですが、白楽天がかつて馴染んだ妓女の名（おそらく本名）です。この女性は、「桃葉」という妓女としての呼び名でも、何度かうたわれています。蘇州在任中になじみになったものと思われますが、この詩が作られたときからさかのぼると、ちょうど「十五年前」になります。

池に船を浮かべて太湖石に近寄ってみる。その石に、昔馴染んだ陳結之の名が彫られていて、彼女にまつわるあれこれのこと、ひそかな心中の思いを思い起こして懐かしむ。そういった詩です。「旧石上」「旧池」「往事」と、いかにも昔を偲ぶ詩に相応しい語が用いられていますが、その懐旧の気分が石上の三字、「陳結之」に収斂してゆきます。

六十八歳にもなって、昔なじんだ女性を懐かしんでいるとは、しょうのないおじさんだと思われるかもしれません。ですが、少しばかり弁護をしておきましょう。白楽天は、この詩を作る前、開成四年の十月六日に「風痺之疾」に倒れます。身体に軽い麻痺が残り、左足が少しく不自由になりました。今で言う、脳梗塞のような病気でしょうか。その後、静養に努め、一ヶ月あまりでやや軽快し、庭を散歩したり出来るようになりました。この詩は、その時期の作品なのです。「間に」「旧池を尋」ねるのも、リハビリみたいな意味があるわけです。病に倒れ、やや回復してきたとき、老いた詩人が往時を偲び、昔のロマンスを懐かしんでいると考えれば、そこに何がなし、しみじみとした味わいも感ぜられるのではないでしょうか。ここで楽天が陳結之を思う気持ちは、もちろん奥さんを大事にする気持ちとは別の物です。楽天は老いてなお、ロマンティックな気分を失わない詩人だったのです。

25 秋雨の中、思いを元稹に伝える

秋雨中（しゅううちゅう）、元九（げんきゅう）に贈（おく）る
堪（た）えず　紅葉（こうよう）　青苔（せいたい）の地（ち）
又是（またこ）れ　涼風（りょうふう）　暮雨（ぼう）の天（てん）
怪（あや）しむ莫（なか）れ　独吟（どくぎん）　秋思（しゅうし）の苦（はなは）だしきを
君（きみ）に比（ひ）して校近（ややちか）し　二毛（にもう）の年（とし）

秋雨中贈元九
不堪紅葉青苔地
又是涼風暮雨天
莫怪独吟秋思苦
比君校近二毛年

〈詩形＝七言絶句／韻を踏んでいる文字＝天・年〉

秋雨の降る中、元九に贈った詩

紅葉が地上の青苔に散り敷き、
その上、風が冷たい雨の夕暮れには、悲しみに堪えない。

私がひとり詩を吟じて、ひどく秋の悲しみに沈んでいるのを怪しまないでくれ。
君に比べれば、私はやや白髪まじりの年に近いのだから。

貞元十八年（八〇二）、三十一歳、進士に及第して、まだ官職には就いていない時期の作。題の「元九」は、白楽天の一番の親友、元稹のこと。「九」は、排行といって、一族中の兄弟、従兄弟、又従兄弟など、同世代の男子を年齢順に番号で呼ぶ呼び方です。元氏の九番目の子という意味。秋雨の降る夕方、寂しい気持ちをうたって、元稹に贈った詩です。

少しく言葉の説明をしておきましょう。第一句の「堪えず」とは、秋の夕暮れの寂しさに耐えられない、ということですが、意味上、第二句目までかかっているのに注意してください。「秋思」は、秋の物思い、秋の悲しみ。「校」は、「やや」とよんで、「（くらべて）すこし」というほどの意。「二毛年」の「二毛」とは、白髪まじりの髪をいいます。黒い髪と白い髪で、二色です。で、「二毛年」ならば、「白髪まじりになる年」なのですが、白髪まじりになるのは個人差がある、とお考えかもしれません。しかし実は、この言葉には故事があって、何歳をいうか、決まっているのです。昔、晋（しん）の潘岳（はんがく）という詩人が、秋に感じて「秋興の賦（しゅうきょうのふ）」を作り、その序文に「余、春秋三十有二にして始めて二毛を見る——私は三十二歳になってはじめて白髪を見た——」と記しました。それ以来、「二毛の年」で、三十二歳をいうことになったのです。

　中国の古典文学には「悲秋」という言葉もあって、秋は悲しい季節と決まっています。『楚辞（そじ）』の宋玉（そうぎょく）「九弁（きゅうべん）」に「悲しいかな、秋の気たるや。蕭瑟（しょうしつ）として草木揺落（ようらく）して変衰す」とあるのがその起源とされます。白楽天のこの詩にいう「秋思」も、それです。先ほどの「二毛」といい、この「秋思」といい、昔の文献にある故事を拠り所とする（典故といいます）表現で、その典故がわからないと作者の言いたいことがよく理解できません。古典文学を読むときには、こうした典故にもとづく表現が時々出てきます。そこが面倒といえば面倒な点なのですが、逆に含蓄のある表現でもあるわけで、こういう点に作者の工夫が凝らされているのです。

　秋の夕暮れ、秋雨が降り、風も冷たい中、紅葉が散り敷く。悲秋のエッセンスのような景色です。詩心が起これば、当然、悲しい気分をうたうことになるのですが、この詩では、もう一つ、自分は君より年うえで、その分老境に近いのだから、よけいに悲しみが強く感ぜられるのだ、悲しんでいるのを怪しまないでくれ、といっているのが面白いところです。我が国でも、古来、この秋の風情が愛されたのでしょうか、この詩の第一・二句が大江維時『千載佳句』上・暮秋、藤原公任『和漢朗詠集』上・秋・紅葉に収められています。

なお、元稹は大暦十四年（七七九）の生まれで、白楽天の方が七歳年長でした。この詩の結句はそれをふまえているのです。それに白楽天がこの詩を作ったとき、三十一歳。たしかに元稹よりも二毛の年＝三十二歳に近いわけです。こうした機知を味わうのも、詩を読む楽しみの一つと言えるでしょう。

26 うたうのは君のことばかり

元九(げんきゅう)を憶(おも)う
眇(びょう)眇(びょう)たり　江陵(こうりょう)の道(みち)
相思(あいおも)うも遠(とお)くして知(し)らず
近来文巻(きんらいぶんかん)の裏(うち)
半(なか)ばは是(こ)れ君(きみ)を憶(おも)うの詩(し)

憶元九
眇眇江陵道
相思遠不知
近来文巻裏
半是憶君詩

〈詩形＝五言絶句／韻を踏んでいる文字＝知・詩〉

元九を思ってうたう
江陵への道は遙かに遠い。
そこにいる君のことを私はずっと思っているが、遠くて君にはわかるまい。

近頃の私の詩集は、
半ばは君を思う詩が占めているのだ。

元和五年（八一〇）、白楽天が三十九歳で左拾遺・翰林学士だったときの詩です。

元九は、楽天のもっとも親しい友人、元稹です。九は、排行（輩行）といって、一族中の同世代の男子を、年齢順に番号で呼ぶ呼び方。元稹は監察御史という監察官を務めていましたが、元和五年、都に召還され、その途中で宦官と争いを起こし、江陵府（現湖北省）の士曹参軍という、地方の属官に左遷されていました。この詩は、江陵にいる元稹のことを思ってうたわれたものです。

「眇眇」とは、「渺渺」とも書き、遙かに遠いさま。長安にいる楽天からは、遙か彼方なのです。第二句、訳文では少し言葉を補いましたが、その遠く離れた江陵にいる元九を楽天は思っている。けれども眇眇として遠いので、そのことが君にはわかるまい、自分の思いは伝わらないかもしれない、と嘆いているのです。「相思う」と言っていますが、これはお互いに思い合うのではありません。楽天が元稹のことを思う、という意味です。

「文巻」は、詩集と訳しておきました。当時の用語としては、散文ばかりではなく、詩も含めて「文」といいます。最近自分が作った詩を読み返してみると、半分は元稹（げんじん）のことを思って作った詩だ、私はこんなにも君のことを思っているのだ、と友人を思う情の深さを相手に訴え、また自分でも改めて噛みしめている、そんな詩です。

漢詩では、友人同士の友情がしばしばうたわれます。男女の愛情より強いといってもよいでしょう。そうした文学的伝統の中でも、白楽天と元稹（げんじん）の友情の深さは昔から有名で、この詩もその一つです。

27 君を思う心は、ちゃんと伝わるだろうか……

八月十五日の夜、禁中に独り直し、
　月に対して元九を憶う
銀台　金闕　夕べに沈沈たり
独り直し相思うて　翰林に在り
三五夜中　新月の色
二千里外　故人の心
渚宮の東面　煙波冷ややかに
浴殿の西頭　鐘漏深し
猶恐る　清光同じくは見ざらんことを
江陵は卑湿にして秋陰足る

八月十五日夜禁中独直
　対月憶元九
銀台金闕夕沈沈
独宿相思在翰林
三五夜中新月色
二千里外故人心
渚宮東面煙波冷
浴殿西頭鐘漏深
猶恐清光不同見
江陵卑湿足秋陰

〈詩形＝七言律詩／**韻を踏んでいる文字**＝沈・林・心・深・陰〉

八月十五日の夜、宮中でひとり宿直をして、月に向かって元九のことを思う。

銀の楼台、金の宮門が、夜、静かに立ち並んでいるなか、
私はひとり翰林院で宿直し、君のことを思っている。

十五夜の昇ったばかりの月の色よ。

二千里の彼方にいる君の心はいかに。

江陵の渚宮の東には川霧がひんやりと立ち籠めていることだろう。

ここ宮中では、浴堂殿の西に鐘や水時計が夜の更けるのを告げている。

それにつけても気がかりなのは、清らかな月の光を君はいま、ともに見てはいないのではないかということ。

君のいる江陵は低湿な土地で、秋は曇った日が多いというから。

元和五年（八一〇）、白楽天三十九歳、翰林学士として長安にいたときの作。

詩題に見える元九は、楽天のもっとも親しい友人だった元稹です。「九」は排行。元稹は元和四年（八〇九）に監察御史という、官僚を監察する職に就いていましたが、五年の春、洛陽から長安に帰る途中、宦官と争ったのが原因で江陵府士曹参軍（現湖北省）に左遷されてしまいました。これは八月十五日の夜、楽天が翰林学士として宮中で宿直しているとき、遠く離れた江陵にいる元稹を思ってうたった詩です。

また少しく言葉の説明をしておきましょう。「銀台金闕」とありますが、「闕」は宮殿の門です。文字通りにいえば銀の楼台と黄金の宮門ですが、宮中の立派な建物を、美化していったものと見ておきます。「沈沈」は、静かなさま、また夜が更けてゆくさま。「三五夜中」とは、十五日の夜。「新月」は、空にのぼったばかりの月。「二千里外」、二千里の彼方とは、元稹のいる江陵をいいます。遠く隔たっていることをいったもの。「渚宮」とは、春秋時代、楚の国の離宮の名。楚の都郢の南方にありました。郢は唐代の江陵です。「渚」とあるのでわかるとおり、水辺にあったとされます。「煙波」は、川に立ち籠める靄・霧。「煙」とありますが、霧や靄をいいます。この句は元稹のいる江陵についていったもの。「浴堂」は、長安の大明宮にあった浴堂殿という建物で、楽天が宿直している翰林院の東側にありました。浴堂殿の西で、翰林院をさすことになります。「鐘漏」は、時を告げる鐘と漏刻＝水時計。この句は楽天のいる宮中についていったもの。「清光」は、清らかな月の光。「卑湿」とは、土地が低く、湿気が多いこと。「秋陰」は、秋の曇り空。「足る」は、多い。

空にかかる月は、地上のどこからでも見えるので、「あの人も、この月をともに見ているだろう」と想像することで、遠く隔たったところにいる人を思う媒介となるものでした。唐詩を読んでいると、月は旅人が故郷の家族を思う詩や、この詩のように離ればなれになった友人を思う詩に、しばしばうたわれます。この詩は八月十五夜の作ですから、つまり月は仲秋の名月で、誰しもが空を仰いで月を見るはずですね。そこで「私は月を見て、君を思う、君も月を見て私を思っているだろう」と、友情のつながりが成り立つはずなのですが、低湿な江陵では曇りがちだから、肝心な月が見えないのではないか、したがって君を思う私の心は、君には伝わらないのではないかと案じているのです。篤い友情を、第五・六句の秋の夜景を背景に、美しくも情趣深くうたった名作です。

君を思う心は、ちゃんと伝わるだろうか……

漢詩の世界では、友情が男女間の愛情よりも強くうたわれる傾向があります。そのような文学的伝統の中でも白楽天と元稹の友情は有名で、この詩はその代表といってよいでしょう。我が国でもこの詩、とくに「三五夜中」の対句はよく知られていて、大江維時『千載佳句』上・八月十五夜、藤原公任『和漢朗詠集』上・秋・十五夜付月に収められていますし、『源氏物語』の「須磨」の巻にも引用され、平安貴族達にも親しまれていたことがうかがわれます。

28 朝酒を嗜む

橋亭卯飲

卯時　偶たま飲んで　斎時に臥す
林下高橋　橋上の亭
松影　窓を過ぎて　眠り始めて覚め
竹風　面を吹いて　酔い初めて醒む
荷葉上に就いて　魚鮓を苞み
石渠中に当たりて　酒餅を浸す
生計は悠悠　身は兀兀
甘んじて従わん　妻の喚びて劉伶と作すに

橋亭卯飲

卯時偶飲斎時臥
林下高橋橋上亭
松影過窓眠始覚
竹風吹面酔初醒
就荷葉上苞魚鮓
当石渠中浸酒餅
生計悠悠身兀兀
甘従妻喚作劉伶

〈詩形＝七言律詩／韻を踏んでいる文字＝亭・醒・餅・伶〉

橋のあずまやで朝酒を飲んで
朝はやくにふと酒を飲んで、朝食の時には寝てしまった。
木陰の高い橋の、そのあずまやで。
松の影が窓にかかる頃、やっと目が覚め、
竹林を渡る風に顔を吹かれて、はじめて酔いが醒(さ)めた。
蓮の葉に包んだ熟(な)れ鮨(ずし)を肴に、
石組みの堀で冷(ひ)やした瓶(かめ)の酒を飲む。
暮らしはゆったりしているし、我が身は酔ってふらりふらり、
妻に劉伶(りゅうれい)のような呑ん兵衛といわれてもしかたがあるまい。

太和(たいわ)四年（八三〇）、白楽天五十九歳の時の作。この頃、楽天は太子賓客分司(たいしひんかくぶんし)という職にあり、洛陽(らくよう)の邸に住んでいました。その邸の庭にある池に橋がかかっていて、橋にあるあずまやで朝酒を楽しんでいる詩です。

邸の庭にある池に橋がかかっているというと、びっくりする方もあるかもしれません。白楽天の邸のありさまは「池上篇并びに序」という作品に詳しく描写されていて、あらましの様子がわかります。それによると敷地が九八・六アールあまり、三千坪近くあり、庭園や池がしつらえられていて林や竹林があって、池中の島には橋がかかり、船も浮かんでいるという、大名庭園を思わせる邸だったようです（発掘調査もされていて、ほぼ「池上篇」のとおりだったことが確かめられています）。楽天は「自(みずか)ら喜(よろこ)ぶ」詩（七四ページ）では、この邸について「柴門(さいもん)」と言って質素な住まいとしてうたっていますが、それは詩的な修辞です。それに白楽天ほどの高官にとっては、これくらいの邸は格別大邸宅でもなかったのかもしれません。

この詩は、やや珍しい表現、白楽天の詩らしい表現があるので、その説明をいたしましょう。まず、題の「卯飲(ぼういん)」です。「卯」は、時刻。卯の刻です。おおまかに言うと、朝の六時頃に当たります。昔の時刻は、日本でもそうですが、日の出、日の入りの時刻が季節によって変わるのに合わせて昼と夜の時間の長さが変わる、不定時法です。だから厳密に今の何時とは決めにくいのですが、だいたい朝の六時頃です。ですから「卯飲」で、朝の六時頃に飲む、朝酒。「斎時（さいじ）」とは、もとは仏教の言葉で、午前中の食事を摂ってよい時刻をいう語。ここでは朝食時と訳しておきます。

林・橋・橋にもうけられたあずまや・松の木・竹林など、みな邸うちの景物です。「石渠（せっきょ）」は、石で組んだ溝、掘り割りですが、これは洛陽（らくよう）の街中を流れる川から邸内の池に水を引き込むための水路です。

「魚鮓（ぎょさ）」という、ちょっと見慣れない語が出てきますが、これは訳文に記したとおり、魚の熟（な）れ鮨（ずし）です。現代の私たちは寿司というと、まずにぎり寿司やちらし寿司を思い浮かべるでしょうが、それとはちがいます。魚を切り身にして塩を振り、重しをして水気を押し出す。そして瓶（かめ）の中に魚とご飯を一段ずつ交互に並べ、竹の葉で蓋をして漬けておく。漬けたご飯は発酵してどろどろになってしまうので、食べられません。発酵した魚を食べるのです。これは六世紀前半に著された『斉民要術（せいみんようじゅつ）』という書物に記されている鮓のレシピですが、我が国で今でも作られている鮒寿司などとほぼ同じ作り方のようです。鮒寿司は珍味として酒好きの人に珍重されるそうですが、白楽天も楽しんでいたのでしょう。なお、『斉民要術』には「裹鮓（かさ）」というのもあって、十切れの魚の切り身に塩をしてご飯と和え、蓮の葉で包んでおくと（裏は、包むという意味）、二、三日で熟れる、といっています。白楽天がうたっているのは、こちらかもしれません。蓮の葉の香りがいいそうです。

こうして朝から熟れ鮨を肴によく冷えたお酒を楽しみ、うたたねをする。楽天自身「生計は悠悠」と言っているとおり、暮らしの心配はない。そして「兀兀」、酔ってふらりふらり。いかにものんびりと、満ち足りた気分で過ごしているさまが窺えます。

詩の最後で楽天は、「奥さんに劉伶のような呑兵衛と言われてもしかたがない」と冗談を言っていますが、劉伶は、三世紀、晋の文人で、竹林の七賢の一人に数えられる人物です。酒好きで有名な人。この劉伶の代表作に「酒徳の頌」という文があり、文中で大人先生という登場人物が酔ったさまを「兀然として酔う」と表現しています。詩中の「兀兀」という語はこの劉伶の用語を踏まえているわけで、「劉伶と喚ばれる」のにちなんだ、うまい言葉づかいです。

この詩は、要するに楽天が朝酒を楽しみ、ゆったりと満ち足りた気分を楽しんでいる、そういう詩です。とくに強い思いや信念などがうたわれている作品ではありません。ですが、ここにうたわれている気分は、まことに白楽天らしいものです。格別変わった出来事があったわけではない。日常の中で朝酒を楽しみ、肴も別に贅沢な料理を食べているわけではなさそうです。特に気分が高揚しているわけでもない。しかも本人にはそれが心地よく、満足している。ささやかながら穏やかでゆったりした、自足した気分。これが白楽天の求めた心境だったのです。

　中国の詩人には、昔から酒好きで知られる人が大勢います。白楽天が尊敬した陶淵明（とうえんめい）がそうですし、李白ももちろん有名です。ただし朝酒を楽しみ、詩にうたった人となると、白楽天が第一人者と言えるでしょう。他の詩人には見えない、「卯飲」「卯酒」という語が詩集に散見します。

　我が国でもこの詩の趣は好まれたようで、大江維時（おおえのこれとき）『千載佳句（せんざいかく）』上・夏興に第五・六句が、下・開放に第三・四句が収められています。

29 李さん、新茶をありがとう！

李六郎中の新蜀茶を寄せらるるに謝す
故情　周匝して交親に向かい
新茗分張して病身に及ぶ
紅紙一封　書後の信
緑芽十片　火前の春
湯は勺水を添えて魚眼を煎じ
末は刀圭を下して麹塵を攪す
他人に寄せずして先ず我に寄するは
応に我は是れ茶を別つ人なるに縁るべし

謝李六郎中寄新蜀茶
故情周匝向交親
新茗分張及病身
紅紙一封書後信
緑芽十片火前春
湯添勺水煎魚眼
末下刀圭攪麹塵
不寄他人先寄我
応縁我是別茶人

〈詩形＝七言律詩／韻を踏んでいる文字＝親・身・春・塵・人〉

李さんが蜀の新茶を贈ってくれたのに感謝する
あなたは昔からの友人である私に情がこまやかで、
病身の私のもとに新茶を分けてくださった。
赤い紙の包みは私からの前便に対する返信、
十片の緑芽は火を禁ずる前、春に作られたもの。
茶釜に一勺ほどの水をさして沸騰させ、
挽いたお茶を一さじいれて浅黄色の粉を掻き回し、お茶を点てた。
あなたがこの新茶を他人に贈る前に、まず私に贈ってくれたのは、
私がお茶の善し悪しがわかる人なのをご存じだからだろう。

元和十二年（八一七）、白楽天が四十六歳、江州司馬だった時の詩。友人から新茶を贈られ、そのお礼に作った詩です。

中国では遙か昔からお茶が飲まれていました。正確な起源はわかりませんが、西暦

紀元二〜三世紀にはたしかに飲まれていたようです。白楽天の頃、唐代後半には、この詩に見られるように、お茶の点（た）て方にも決まり事ができていたことがわかっています。この詩は、普通の語釈のほかに、お茶に関する用語の説明も必要なので、ちょっと面倒ですが辛抱しておつきあいください。

まず、普通の語釈から――。「李六郎中」は、人名です。李が姓。「六」は、排行です。「郎中」は、官名。中央の行政府（尚書省）のポストです。唐詩を読んでいると、こんなふうに人を「姓＋排行（はいこう）」、「姓＋官名」で呼ぶケースが沢山あります。この「李六郎中」は、姓名は李宣（りせん）といい、工部屯田郎中から忠州（四川省忠県）刺史になった人です。この人が任地である蜀の新茶を贈ってくれたわけです。

「故情（こじょう）」は、昔からのおもい・情、「交親」は、親しく交際する。ここでは交際している友人。「周匝」は、行きわたる、行き届く。「新茗」は、茗はお茶で、新茶。「分張」は、分布する、ひろがる。「別」は、「わかつ」とよみましたが、みわける、識別するという意味です。

ついでお茶に関する言葉を見ましょう。「緑芽（りょくが）」は、お茶の葉をいう語。「十片」の

「片」は、茶葉を数える助数詞です。でも、お茶の葉が十枚、ではいくら貴重な新茶でも少なすぎますね。唐代のお茶は、葉を摘んで蒸し、臼と杵でついて、叩き、あぶって串に通し、封じ、乾燥して固形のお茶にして保存していました。これを餅茶（へいちゃ）といいます。飲むには餅茶を火にあぶり、碾（うす）でひいて粉にし、茶釜で沸かした湯に入れて掻き回し、塩などで味を調えて飲みます。ここの「十片」とは、その餅茶を数えているのでしょう。「火前」とは、火の使用を禁ずる日より前、の意。中国には、禁火とか寒食とかいって、冬至から百五日目には火を用いずに冷たいものを食べる習慣がありました。今の暦で言えば、四月四日・五日頃に当たります。新茶を摘むには、禁火の前がよいとされていたのです。この詩で見ると、楽天がもらったのは、まさにその「火前」に摘んだ新茶だったようです。「魚眼（ぎょがん）」は、お茶を点てるのにお湯が沸いてきて、小さい泡が立っている状態をいう語。「末」は、粉ですが、挽いたお茶をいいます。「刀圭」は、薬を盛るさじ。ここでは、お茶をすくうさじ。「麹塵（きくじん）」は、薄い黄色。麹（こうじ）に生えるカビが淡黄色で、塵のように見えるから、「麹塵」といいます。ここでは、挽いたお茶の色をいっています。

お茶に関する用語の説明が長く、またややこしくなりました。でも、この詩をこうして読んでくると、楽天がどのようにしてお茶を点て、楽しんでいたかがわかります。今の私たちが急須を使って煎茶を飲むのとは随分とちがいますが、このようなやり方が、唐代後半の、一般的なお茶の点て方だったと思われます。

実は白楽天には、お茶をうたった詩が沢山あります。お酒を楽しむのと同じように、白楽天はお茶も楽しんでいたわけです。この詩は楽天がお茶を楽しんでいるありさまを読み取り、新茶を贈ってくれた友人に対する感謝の気持ちを味わっておけば、それでよいでしょう。白楽天はこの詩を作ったとき、江州に左遷されていましたから、やはり鬱屈した思いがあったものと考えられます。そういう折に新茶を贈ってくれた李宣の友情は、さぞ嬉しかったことでしょう。最後の二句で、楽天と李宣の日頃の交情のこまやかさがうかがえます。

ちょっと詩の鑑賞からは外れますが、付け加えておきます。お茶に関する用語の説明をいろいろといたしましたが、これにはよりどころがあります。白楽天より少し前の陸羽（りくう）（七三三～八〇四）という人が『茶経（ちゃきょう）』という書物を著し、唐代のお茶について、歴史・産地・製法・飲み方など、あらゆる説明をしています。この詩にうたわれているお茶の点て方は、『茶経』にいわれていることと一致しているのです。前に記したように、唐代後半の一般的なお茶の点て方が、この詩からわかるとも言えるわけで、そんな観点からこの詩を読んでも面白いかもしれません。

なお、『茶経』は、我が国でも大いに読まれ、江戸時代には和刻本も刊行されました。現在では布目潮渢氏『茶経　全訳注』（講談社学術文庫）で読むことができます。茶道に関心のある方にお勧めしておきます。

最後に一つ、この詩の第五・六句が大江維時（おおえのこれとき）『千載佳句（せんざいかく）』下・宴喜部・茶に収められていますが、平安時代に唐代のお茶の飲み方も伝わっていたのでしょうか。

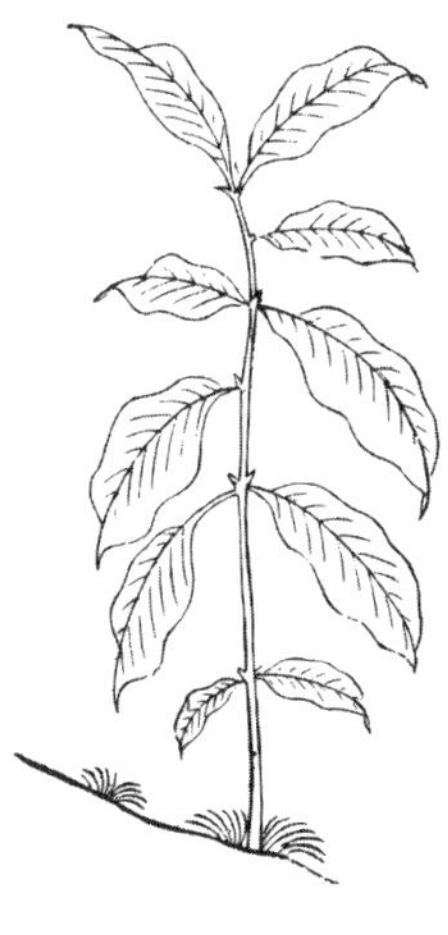

30 もう、肉もいらない

筍を食う

此の州は乃ち竹郷
春筍　山谷に満つ
山夫　折りて抱に盈つ
抱き来たりて早市に鬻ぐ
物は多きを以て賤しと為す
双銭　一束に易う
之を炊甑の中に置けば
飯と同時に熟す
紫籜は故錦を坼き

食筍

此州乃竹郷
春筍満山谷
山夫折盈抱
抱来早市鬻
物以多為賤
双銭易一束
置之炊甑中
与飯同時熟
紫籜坼故錦

素肌(そき)は新玉(しんぎょく)を擘(さ)く
毎日(まいにち)遂(つい)に餐(さん)を加(くわ)え
時(とき)を経(へ)て　肉(にく)を思(おも)わず
久(ひさ)しく京洛(けいらく)の客(かく)と為(な)り
此(こ)の味(あじ)わい　常(つね)に足(た)らず
且(しばら)く食(くら)いて踟躕(ちちゅう)すること勿(な)かれ
南風(なんぷう)　吹(ふ)けば　竹(たけ)と作(な)る

素肌擘新玉
毎日遂加餐
経時不思肉
久為京洛客
此味常不足
且食勿踟躕
南風吹作竹

〈**詩形**＝五言古詩／**韻を踏んでいる文字**
＝谷・鬻・東・熟・玉・肉・足・竹〉

タケノコを食べる
この江州は竹の里で、
春にはタケノコが山間にいっぱいに生える。
山家の親父さんが一抱えも採り、

抱えてきて朝市で売っている。
物は沢山あると値段は安くなるもの、
銭二枚で一束も買える。
このタケノコを甑の中に入れて蒸せば、
ご飯といっしょに炊きあがる。
古い錦のような紫色の皮をむき、
新しい玉のような白い肌をさく。
毎日、いくらでも食べて、
何日も経ったが肉を食べたいとは思わない。
私は長いこと都に住んでいたので、
この味は、いつも十分に食べられなかった。
ともあれぐずぐずしないで食べよう、
南風が吹いたら竹になってしまうから。

元和（げんわ）十一年（八一六）から十二年（八一七）ころ、四十五、六歳、江州司馬（こうしゅうしば）だった時の作。

江州ではタケノコがたくさん採れたようです。そのタケノコを思い切り食べて満足している様子がうたわれている、ちょっと面白い詩です。

あまり見慣れない言葉が使われていますから、言葉の説明をしておきます。「笋」は、タケノコ。「筍」と同じ意味です。「鬻」は、「ひさぐ」とよんで、売ること。「賤」は、「いやしい」ではなく、値段が安いこと。「甑」は調理器具の名で、蒸し器です。この詩によると、ご飯を炊くのではなく、蒸しているようです。「籜」は、竹の皮、ここではタケノコの皮。「素肌」は、「すはだ」ではありません。タケノコの白い肌。「素」は、白い。「加餐」は、たくさん食べる。食が進む。「京洛」は、長安と洛陽（らくよう）。都をいいます。「踟躕（ちちゅう）」は、ためらう、ぐずぐずする。

白楽天は、タケノコを蒸して、それも皮付きのまま、ご飯といっしょに蒸して食べているようです。私たちが食べるタケノコご飯とは大分違うようですが、でもよほど気に入ったようで、毎日たくさん食べて、肉も欲しくない、とまで言っています。随分好きなのだなと、感心しますが、この表現は、『論語』の、孔子が斉の国で韶（しょう）という楽曲を聞いて感動し、肉のうまさも忘れてしまった――肉を知（し）らず――という話しにもとづいているのでしょう。

白楽天は飲食に関する楽しみをよくうたっています。自分の好みをはっきりうたうところは、グルメと言えるのかもしれません。しかし、この詩にうたわれているように、決して贅沢な食生活を求めているのではなさそうです。出盛りの、旬のタケノコが安く手に入る、贅沢なものでなくてもそれが好きだから食べる。そこがよいのです。そして、この詩が江州で作られたこと、すなわち左遷されていろいろと鬱屈した思いもあった時期に、自分の置かれた境遇の中で、気に入ったものを見つけて楽しんでいることにも注目したいと思います。そういう意味で、白楽天は強い精神の持ち主でもあったのです。

なお、細かいことですが、この詩の第十二句、「時を経て肉を思わず」が、本によっては「旬（しゅん）を経て肉を思わず――十日たっても肉を食べたいとは思わない――」となっているものもあります。

31 この花を、あと四回は見られるはず

山桜桃を移す
亦た官舎の吾が宅に非ざるを知るも
且つ山桜を斸りて満院に栽う
上佐は近来　五考多し
少なくも応に四度　花の開くを見るべし

移山桜桃
亦知官舎非吾宅
且斸山桜満院栽
上佐近來多五考
少応四度見花開

〈詩形＝七言絶句／韻を踏んでいる文字＝栽・開〉

山の桜桃を移植して

官舎が我が家ではないことはわかっているけれど、
それでも、山の桜桃を掘って庭いっぱいに植えた。

司馬の職は近ごろでは五年で転任になることが多いから、
少なくとも四度は花の開くのを見ることができるはずだ。

元和十一年（八一六）、四十五歳、江州司馬だったときの作。

白楽天は元和十年（八一五）八月に江州司馬に左遷され、十月のおそらく末に着任しました。この詩はその翌年、春の作ということになります。

題にいう「桜桃」とは、サクランボのこと。シナノミザクラという種類のようです。もちろん実を食べますし、この詩のように花を観賞することもありました。我が国のヤマザクラやオオシマザクラのような「サクラ」とは別の物ですが、白楽天はこの花が好きだったようで、しばしば詩にうたっています。もちろん二句目に出てくる「山桜」は、「山桜桃」を略した表現で、ヤマザクラではありません。訳ではわざわざサクランボというのもおかしいので、そのまま「桜桃」としておきました。

故事が用いられていたり、この頃の制度についての説明が必要だったりで、語釈がややこしくなりますが、面倒な方は、途中、飛ばしてくださってもかまいません。

先ず第一句の「吾が宅に非ざるも」という表現ですが、これには故事があります。魏の王粲という詩人が、後漢の末に戦乱を避けて、湖北の荊州に逃れました。そこで高楼に登り、故郷を思って、「この土地は良い土地だが、やはり私のふるさとではない――信に美なりと雖も吾が土に非ず――」と嘆いたというのです（「登楼の賦」）。ここはその故事を用いた表現です。官舎は赴任先の仮住まいで、自分の家ではない、だから自分の好みに合わせて改装するわけには行かないし、何年か経てば転任するのだから、改装しても仕方がない、というニュアンスです。楽天はこのとき、左遷されていたわけですから、「吾が宅に非ず」という句には、普通に転勤して来たのとはまた違った疎外感がこめられていたことでしょう。

第一句・第二句の「亦……・且……」は、「～であり、～である」という、呼応した表現。「斸」は、難しい文字ですが、「きる」という訓があります。ただし字義は「（くわなどで）掘る」こと。「満院」の「院」は、住まいの中庭。

「上佐」とは、刺史（州の長官）の下役、長史・司馬などを呼ぶ言い方です。楽天は江州司馬でしたね。こういう官僚には、当然人事考課があり、その判定によって人事異動があります。「五考」の「考」が、それです。唐代、この頃には、毎年一回人事考課があり、五考＝五回の考課を経て（すなわち五年の勤務を経て）、異動が決まったようです。この「五考」を「五年目に行われる考課」と解している訳がありますが、おそらくそうではありません。つまり楽天もこの江州に五年は居ることになるわけで、だから今年、着任の翌年に桜桃を植えれば、四年間はこの花を楽しむことができるはずだ、と考えたのです。

つまりこの詩は、左遷された任地で、山の桜桃を植えて心を慰めようとする心境をうたった詩です。左遷先の仮住まいの官舎にあって、不平不満、不遇の思いは当然あったことでしょう。そういう境遇にあっても、せめて自分の好きな桜桃の花を見て楽しもうとする。そこを読んでおきたいと思います。

楽天はもともと花が好きだったと見えて、後に忠州（四川省）刺史に転任したときにも花を植えて、それを詩にうたって楽しんでいます。しかし、この詩のように、明らかに不遇の境地にあっても、花によって心を慰めようとしているのは、自分の現在与えられた境遇にあって、それを楽しんで生きようとする精神が現れているのではないかと思います。その意味で、白楽天らしい詩の一つといってよいでしょう。

なお、白楽天はこの二年後、元和（げんわ）十三年（八一八）十二月に忠州刺史（ちゅうしゅうしし）に転任になります。官舎の山桜桃を見たのは、三度ですみました。

32 風が涼しくて

晩に府に帰る

晩に履道より来りて府に帰る
街路長しと雖も　尹　嫌わず
馬上は牀　上に坐するよりも涼し
緑槐　風は透る　紫蕉の衫

晩帰府

晩従履道来帰府
街路雖長尹不嫌
馬上涼於牀上坐
緑槐風透紫蕉衫

〈詩形＝七言絶句／韻を踏んでいる文字＝嫌・衫〉

夕暮れ、役所へ帰る

夕暮れ、履道里の邸から役所へ帰って行く。
道は長いが、私は苦にしない。

こうして馬に乗っていると、腰掛けに座っているよりも涼しいのだ。
緑の槐（えんじゅ）の間をとおってくる風が紫の芭蕉布の単衣（ひとえ）を吹き抜ける。

太和（たいわ）六年（八三二）、白楽天六十一歳の時の作。この時、白楽天は河南尹（かなんいん）（洛陽（らくよう）一帯を治める長官）でした。詩の二句目にでてくる「尹（いん）」は、河南尹で、楽天本人をさしています。夕暮れ、役所に帰るときのようすをうたった詩です。

言葉の説明をしておきます。「府」は、役所。ここでは河南尹の役所。「履道（りどう）」は洛陽（らくよう）の街区の名。履道里といいます。白楽天の邸があったところです。「牀」は、ベッドと腰掛けを兼（か）ねる家具。座ったり、寝そべったり、くつろぐときにも用います。「槐」は、えんじゅという木。中国原産の高木で、洛陽（らくよう）の通りに植えられていた街路樹。我が国でも街路樹として植えられています。「蕉衫（しょうさん）」は、芭蕉布（芭蕉の繊維で織った布）で作った単衣。夏の服です。

夕暮れ時、履道里の自邸から役所へ帰る、という状況がわかりにくいかも知れません。このころ、地方の長官は、普通は役所の中にある官邸に住んでいました。おそらく白楽天は、所用か休暇かで自宅にいて、翌日からの仕事に備えて官邸に帰るところだったのでしょう。そうだとすると、何となく気が進まないというか、億劫というか、そういう気分になっても不思議ではありません。しかも道が遠い。でも、そういう気分を吹き飛ばすように、街路樹の間をとおってきた風が、夏物の薄い服を涼しく吹き抜けてゆくのです。その、夏の夕暮れの心地よさをうたった詩です。

白楽天は、寒いときには綿入れにくるまって暖をとりました（「新たに布裘を製る」四五ページ）。暑いときにも、こうして単衣物の涼しさを楽しんでいたのです。折々の快適さを求めるのは同じ、と言ってよいでしょう。

33 日向ぼっこ

冬日を負う
杲杲として冬日出で
我が屋の南隅を照らす
暄を負うて　目を閉じて坐すれば
和気　肌膚に生ず
初めは醇醪を飲むに似たり
又蟄者の蘇するが如し
外は融して百骸暢び
中は適して一念無し
曠然として所在を忘れ

負冬日
杲杲冬日出
照我屋南隅
負暄閉目坐
和気生肌膚
初似飲醇醪
又如蟄者蘇
外融百骸暢
中適一念無
曠然忘所在

心与虚空倶

〈**詩形**＝五言古詩／**韻を踏んでいる文字**＝　隅・膚・蘇・無・倶〉

心(こころ)は虚空(こくう)と倶(とも)なり

冬の日を背に受けて

赤々と冬の日が出て、
私の部屋の南の隅を照らしている。
暖かい日差しを背に受け、目を閉じて座っていると、
和やかな気が肌に生(しょう)ずる。
初(はじ)めは美酒を飲んだような気分になり、
また、冬ごもりしていた虫がよみがえったような気分にもなる。
体はやわらいで全身が伸びやかになり、
心は満足して何(なん)の思いもない。
気分はくつろぎ広がって、わが身のありかさえ忘れ、
心は虚空(こくう)と一体になってしまう。

この詩は元和十四年（八一九）、白楽天四十八歳、忠州刺史の時の作。

初めに言葉の説明をしておきます。「杲杲」とは、朝日の明るさをいいます。「暄」は、暖かい日差し。「醇醪」は、芳醇なお酒。「蟄者」とは、冬ごもりしていた虫。啓蟄の蟄です。「骸」は、からだ。百骸で、体じゅう、全身と解しておきます。「曠然」は、広いさまですが、ここでは心が広く、わだかまりがないさま。「虚空」は、何もない世界。心境でいえば、無心の境でしょうか。

一読して明らかなように、日向ぼっこの心地よさをうたった詩です。この詩は四十八歳の作ですから、年齢のわりに、ちょっと年寄り臭いと思われるかもしれませんが、白楽天は日向ぼっこが好きだったようで、よく詩にうたっています。

この詩では、暖かい日差しにだんだん心身がほぐれてゆく様子を実感的にうたっているのが面白いのですが、最後に心境の問題として、無心になれると喜んでいるのが見所です。日向ぼっこの醍醐味とでもいうところですね。

参考文献

白楽天の詩は、我が国では平安時代の昔から読まれてきました。近代以後に限っても、訳注、選集がいろいろと出版されています。ここでは、近年の出版で、現在入手しやすいもの、図書館などで目にしやすいものを少しだけ紹介します。

〈全訳〉

『白氏文集』全十六冊（索引一冊を含む）　岡村繁　新釈漢文大系　明治書院

文章を含む、白楽天全作品の訳注です。刊行が長期にわたるため、刊行年月は省略します。

『白楽天全詩集』全四冊　佐久節　日本図書センター

詩のみの全訳です。ただし、これは復刻本のタイトルを挙げておきました。元本は『白楽天詩集』というタイトルで、続国訳漢文大成という叢書の一部として刊行されたものです。大きな図書館では、この元本を所蔵しているところもあるかもしれません。一つご注意願いたいのは、この本は、近年、白楽天詩を読むのに用いられるのとは違う本を底本にしています。明治書院版『白氏文集』や、次に挙げる選訳、本書などとは本文が違い、訳文が違っていることがあります。間違いというわけではありませんので、お気をつけください。

〈選訳〉

『白楽天』　下定雅弘　角川文庫　ビギナーズ・クラシックス　中国の古典　二〇一〇年十二月

『白楽天詩集』　二冊　川合康三　岩波文庫　二〇一一年七月・二〇一一年九月

現在入手しやすく、読みやすい選集を二点だけ挙げておきました。右の二書の他にも選訳書はたくさん出版されていますが、省略いたします。

また、白楽天の作品や伝記に関する研究書や論文もいろいろと出版されています。本書もそれらの書物や論文から多くの学恩をこうむっておりますが、本書の性格上、いちいち言及することはいたしませんでした。ここにおことわりしてお礼を申し上げます。

白楽天略年譜

西暦	年号	事績	年齢
七七二	大暦七年	一月二十日、鄭州新鄭県（今の河南省）に生まれた。父は季庚、母は陳氏。	一歳
七八二	建中三年	父が徐州（江蘇省）別駕（刺史＝州の長官の補佐官）として赴任するのに従って、符離（徐州の南、今の安徽省宿州市）に行く。以後、符離で暮らすことが多かった。	一一歳
七九四	貞元一〇年	父季庚が亡くなる。	二三歳
八〇〇	貞元一六年	二月、進士科に及第。	二九歳
八〇三	貞元一九年	春、元稹らと書判抜萃科に及第。秘書省校書郎を授かる。	三二歳
八〇六	元和元年	校書郎をやめ、四月、元稹とともに制科に応じ、そろって及第して、盩厔県尉（陝西省）を授かる。	三五歳

西暦	年号	事項	年齢
八〇七	元和 二 年	翰林学士となる。	三六歳
八〇八	元和 三 年	四月、左拾遺に任ぜられる。翰林学士はそのまま兼務する。楊氏と結婚。	三七歳
八〇九	元和 四 年	長女金鑾が生まれる。彼の代表作の一つ、「新楽府五十首」が作られる。	三八歳
八一〇	元和 五 年	京兆府戸曹参軍に任ぜられる。翰林学士はそのまま。	三九歳
八一一	元和 六 年	母、陳氏が亡くなる。下邽に退居し、喪に服す。娘金鑾が三歳で夭折する。	四〇歳
八一四	元和 九 年	冬、太子左賛善大夫を授かる。	四三歳
八一五	元和一〇年	六月、宰相武元衡が暗殺され、その犯人を捕らえることを求めて上訴する。八月、江州刺史（江西省九江市）に出され、さらに江州司馬に貶せられる。冬の初め、江州に到着。	四四歳
八一七	元和一二年	廬山の草堂が落成する。	四六歳
八一八	元和一三年	十二月末、忠州（四川省忠県）刺史に任ぜられる。	四七歳

西暦	年号	事項	年齢
八一九	元和一四年	忠州刺史に赴任。	四八歳
八二〇	元和一五年	夏、長安に召還され、尚書司門員外郎に任ぜられる。十二月、主客郎中・知制誥に任ぜられる。	四九歳
八二一	長慶元年	十月、中書舎人に任ぜられる。	五〇歳
八二二	長慶二年	七月、杭州（浙江省杭州市）刺史に任ぜられ、十月一日、杭州に到着する。	五一歳
八二四	長慶四年	五月、太子左庶子に任ぜられ、秋、洛陽に還る。太子左庶子東都分司となることを許される。履道里の邸を買って住む。	五三歳
八二五	宝暦元年	三月、蘇州（江蘇省蘇州市）刺史に任ぜられる。	五四歳
八二六	宝暦二年	二月、落馬して足を傷める。五月、眼を病み、百日の病気休暇を乞う。九月、休暇が明け、刺史の任を解かれる。	五五歳
八二七	太和元年	春、洛陽に帰り、秘書監となる。	五六歳
八二八	太和二年	二月、刑部侍郎に任ぜられる。	五七歳
八二九	太和三年	刑部侍郎を辞め、太子賓客分司となる。冬、長男阿崔生まれる。	五八歳

西暦	年号	事項	年齢
八三〇	太和 四 年	暮れ、河南尹に任ぜられる。	五九歳
八三一	太和 五 年	夏、阿崔を亡くす。三歳。七月、親友の元稹が武昌で亡くなる。	六〇歳
八三三	太和 七 年	三月、病気のため、河南尹を辞し、四月、太子賓客分司に転ずる。	六二歳
八三五	太和 九 年	十月、太子少傅分司となる。	六四歳
八三九	開成 四 年	十月、「風痺」を病む。	六八歳
八四〇	開成 五 年	春、「風痺」ややよくなる。家妓を出す。	六九歳
八四二	会昌 二 年	刑部尚書を以て退官。劉禹錫亡くなる。	七一歳
八四五	会昌 五 年	五月、『白氏文集』七十五巻をまとめる。	七四歳
八四六	会昌 六 年	八月、洛陽履道里の邸で死去。尚書右僕射を追贈される。	七五歳

漢詩の基礎知識

この本には、「詩型」とか「韻を踏んでいる文字」という項目があります。その点に関する基礎的な事柄や用語について、簡単な説明をします。

漢詩の起源は、普通、西暦紀元前五世紀頃にまとめられた『詩経（しきょう）』だとされ、そこに収められている中で最も古い作品は、紀元前十一世紀頃のものと考えられています。漢詩は、三千年以上の歴史を持つということになります。

そんな古い昔から、漢詩は定型詩として作られていました。一首の詩は、基本的に決まった字数の句、何句かで出来ています。その一句の字数に着目して分類すると、一句が五文字の詩の場合、五言詩、七文字の場合、七言詩と呼びます。

さて、時代の流れの中で、詩の作り方もだんだん進化しました。特に唐代の初め頃に、詩の韻律についてのいろいろな決まり事が確立しました。その決まりを守って作られた詩を、近体詩（きんたいし）と呼びます。それに対して、決まりが確立する前から作られていたスタイル（＝様式）の詩を、古体詩（こたいし）・古詩（こし）と呼びます。ここでご注意ください。古くから作られていたスタイルの詩をいう言葉であって、古い時代の詩だけをいうのではありません。唐代、近体詩が作られるようになってから作られた詩でも、近体詩の決まりに則っていない詩は、古体詩なのです。ですからこの本にもあるとおり、唐の中頃の詩人、白楽天にも古体詩の作品があるのです。

その近体詩を一首の句数に着目して分類すると、一首が八句でできている律詩、十句以上の偶数の句でできている排律、四句でできている絶句に分けられます。ただし、白楽天のころの文献を見ると、みなひっくるめて律詩と呼んでいます。四句の詩を絶句ということはありますが、今日のように形式上の区分とはしていません。

では、近体詩の決まり事とは何でしょうか。三つあります。

①平仄の配置が決まっている。

②原則として、平声の同じ韻の文字で脚韻を踏む。

③律詩（排律も含む）の初めの二句と末尾の二句を除いて、対句で構成する。八句の律詩ならば中の四句、十二句の排律ならば中の八句が対句になる。

という決まりです。

①の平仄とは、漢字（＝中国語の文字）一字一字が持つ、音調のことです。発音したとき、平らな、大きい変化のない音調を平声（ひょうせいともいいます）といいます。大きい高低変化があったり、つまる音調を仄声（そくせいともいいます）といいます。仄声には、上声・去声・入声の三種類があります。この平・上・去・入の四つの音調＝声調を四声といい、漢和辞典で確かめることができます。そこで、近体詩では、この平声の文字（平字といいます）と仄声の文字（仄字と

いいます）を一定の規則にもとづいて排列する決まりになっています。

②は、平声は①で説明したとおりです。韻とは、漢字音の最初の子音を除いた、残りの音をいいます。この韻が同じか近似している文字を、一定の規則で揃えるのが韻を踏むということで、脚韻を踏むとは、句の末尾の文字で韻を踏むことです。近体詩では、五言の詩の場合は偶数句で脚韻を踏み、七言の詩の場合は第一句と偶数句で脚韻を踏むのが決まりになっています。ただし第一句は、韻を踏まないことがあります。ちょっと例を見てみましょう。「旧石上の字に感ず」詩（一三六ページ）では、池・知・之の三字で韻を踏んでいます。かりに現代日本の漢字音で見てみましょう。池＝ch-iは、chが初めの子音、iが韻です。知は、ch-iでiが、之は、sh-iでiが韻ということになり、同じ韻の文字が揃っています。韻を踏んでいることになります。「内に贈る」詩（一二一ページ）では、天・年で韻を踏んでいます。天は、t-en、年は、n-enで、enが韻です。同じですね。韻を踏んでいることになります。ここ、「テン」「ネン」が、te-n、ne-nではないことにご注意ください。それから、第一句は韻を踏んでいませんね。韻を踏むべきところで踏まないことを踏み落としといいますが、この「内に贈る」詩のように、第一句と第二句が対句になっている場合、韻を踏まなくてもよいことになっています（殊更に踏み落としとはいいません）。こういう例は結構あります。

③の対句ですが、詩における対句は、第三句と第四句というふうに、隣り合った二つの句の文法構造が同じであることをいいます。その場合、対比される語は同じ概念の語であることが原則です。実例を見ていただく方がわかりやすいと思います。先ほどの「内に贈る」詩ですが、第一句と第二

句をご覧ください。

漠漠闇苔新雨地　　漠漠たる闇苔　新雨の地

微微涼露欲秋天　　微微たる涼露　秋ならんと欲する天

となっています。「漠漠」と「微微」で、同じ文字を重ねて状態を表す語ですね。同じ概念とは、こういうものをいいます。「闇苔」と「涼露」も、自然のもので気象や時候に関する語です。「新雨」と「欲秋」がわかりにくいかもしれませんが、「新雨」は、雨が降ったばかり、雨あがりという気候や状態をいい、「欲秋」の「欲」は、「〜しそう・〜になりそう」という意味なので、秋になろうとしているという、やはり気候や状態をいう言葉なのです。「地」と「天」は、明らかに天象をいう語ですね。これらも同じ概念というわけです。二つの句の文法構造が同じなのはただちにおわかりだと思います。なお対句で、対比される語の平仄は反対になるようにするのがよいとされます。

排律(はいりつ)は十句以上ある長い律詩ですから、平仄、脚韻、対句、すべてにわたって律詩としての決まりを守らなくてはいけません。当然作るのは難しくなります。じつは白楽天は、二百句ある五言排律を残しています。その表現力、語彙の豊富さには舌を巻きます。

なお、近体詩でも、この三条件に合わない作品があります。拗体(ようたい)といいます。

古体詩は、初めにいいましたが、近体詩の規則が確立する前からあるスタイルですから、形式上は、近体詩の規則に縛られない詩ということになります。句ごとの字数や、一首全体の句数もまちまちなことがあります。しかし、基本的には五言、七言が中心です。平仄配置は決まっていません。

韻も、平字・仄字、どちらを使ってもかまいません。それに、近体詩に比べると、韻の踏み方が緩やかです。多少違っていても、大体同じような音ならば良しとされます。また、古体詩では、韻を踏むのに、詩の途中で韻を換えてよいことになっています。換韻といって、長い詩の、内容が切り替わるときによく用いられる技法です。

〔著者〕　**田口暢穂**（たぐち　のぶお）
昭和21年（1946）生まれ。東京都出身。早稲田大学大学院博士後期課程を単位取得退学。鶴見大学講師から、助教授、教授を経て、現在、鶴見大学名誉教授。公益財団法人斯文会常務理事。

〔著書〕『校注唐詩解釈辞典』、『続 校注唐詩解釈辞典〔付〕歴代詩』（大修館書店）、『はじめて読む唐詩⑤⑥』（明治書院）、『続おじさんは文学通5　漢詩編』（明治書院）、『漢詩の名作集』（上・下）（明治書院）、『白詩選』（編・解説）（研文社）など。

MY古典 白楽天のことば

令和二年十一月六日　初版印刷
令和二年十一月十二日　初版発行

著者　田口暢穂

発行所　（公財）斯文会
東京都文京区湯島一―四―二五
電話〇三―三二五一―四六〇六

発売所　明德出版社
東京都杉並区南荻窪一―二五―三
電話〇三―三三三三―六二四七
振替〇〇一九〇―七―五八六三四

印刷・製本／（株）明德

ISBN978-4-89619-766-2

刊行のことば

政治の混乱、経済の低迷、学校や家庭の崩壊等、今日わが国はかつてない憂うべき社会状況に陥り、人心の荒廃も目に余るものがあります。これは本を探れば、敗戦のショックから正しい価値観を確立できず、自分の利益だけを優先し、人はどう生きるのが正しいかを考える心を失った結果といえます。

私どもは、古来日本人の精神を築き上げてきた儒教を主とした古典の意味を見直し、これを人間教育の拠り所とすべきであると考え、東洋思想の普及に努力してまいりました。しかし、先人たちが遺した貴重な古典も、残念ながら古典教育の軽視から、このままでは読むことも理解することも不可能な時代となってきました。

このような時、私どもは東洋思想の真の姿を後世に伝えるという使命の重大さをいよいよ痛感し、私たち日本人にとって大切な東洋の古典を選び、その中からかなめとなることばを抽出し、易しく解説した本を刊行することにいたしました。

家庭で学校で、子供たちとともに本書をお読みいただき、これを日常生活に活かし、幸せな家庭、ひいては二十一世紀の輝かしい日本を創る一助としていただければ幸いです。